la courte échelle

Les éditions de la courte échelle inc.

Maryse Pelletier

Maryse Pelletier est née à Cabano, au Québec. En 1967, elle entreprend des études en lettres à l'Université Laval. En parallèle, dès 1968, elle suit les cours du Conservatoire d'art dramatique à Québec. Elle veut devenir comédienne. Quatre ans plus tard, elle commence sa carrière et joue dans plusieurs pièces. Puis, elle se met à écrire ses propres textes de théâtre. Le premier sera mis en scène au Théâtre d'Aujourd'hui, à Montréal. Huit autres suivront, notamment *Duo pour voix obstinées* qui lui vaudra le Prix du Gouverneur général. De 1992 à 1996, elle assure la direction générale et artistique du Théâtre Populaire du Québec.

Maryse Pelletier est également scénariste. Elle a participé à l'écriture de nombreuses émissions de télévision, dont *Graffiti*, *Iniminimagimo*, et *Traboulidon*. Mais, en dehors de tout cela, elle adore jardiner et faire de la soupe avec les légumes de son jardin. *Une vie en éclats* est son premier roman et elle le publie à la courte échelle.

Maryse Pelletier

Une vie en éclats

la courte échelle
Les éditions de la courte échelle inc.

Les éditions de la courte échelle inc.
5243, boul. Saint-Laurent
Montréal (Québec) H2T 1S4

Illustration de la couverture:
Daniel Sylvestre

Conception graphique:
Derome design inc.

Révision des textes:
Lise Duquette

Dépôt légal, 3e trimestre 1997
Bibliothèque nationale du Québec

La courte échelle est inscrite au programme de subvention globale du Conseil des Arts et bénéficie de l'appui de la SODEC.

Données de catalogage avant publication (Canada)

Pelletier, Maryse

Une vie en éclats

(Roman+; R+48)

ISBN 2-89021-301-3

I. Titre.

PS8581.E398V53 1997 jC843'.54 C97-940274-3
PS9581.E398V53 1997
PZ23.P44Vi 1997

À Jean-Claude,
avec mon amitié

Semaine 5

Je hais les fourmis. Aujourd'hui, j'en ai vu. J'étais étendue sur le gazon qui est déjà tout vert – c'est le mois de mai –, je pensais au journal de Louis-Fréchette, mon école, et j'ai senti bouger sous moi. C'était tout menu, des chatouillis. J'ai roulé sur le côté et c'est là que je les ai vues. Elles étaient des centaines, courant toutes, et toutes dans des directions différentes, en un sauve-qui-peut généralisé et désordonné.

Madame L. répète sans arrêt qu'il y a plusieurs nids de fourmis dans le gazon autour de la maison. Moi, c'est le premier que je vois. Elle suggère aussi tous les jours à papa de les détruire, parce que le printemps, c'est le bon moment, mais il oublie.

J'ai l'impression qu'il le fait exprès, qu'il se fiche totalement que sa pelouse soit bosselée, sablonneuse et envahie par les nids. Je me demande parfois s'il s'intéresse à quelque chose dans la vie. Enfin, ce n'est pas mon affaire.

Les fourmis me dégoûtent. Elles vont n'importe où, sans discernement. Tu voudrais leur ordonner «Ne montez pas sur moi!» et même ajouter «S'il vous plaît!», puisque je suis bien élevée – c'est ce que Madame L. prétend –, les fourmis ne s'en préoccuperaient pas du tout. Elles ne parlent que la langue des fourmis. Il n'y a rien au monde que je détesterais plus qu'être une fourmi.

J'ai écrasé le nid à coups de pied. Les fourmis se lançaient à fond de train dans tous les sens, encore plus affolées et désorganisées. Je suis rentrée.

Je déteste le printemps. Tout grouille partout, il n'y a pas moyen de s'étendre tranquille. Papa aime quand «la vie est de retour». Moi, tout ce que j'y vois comme avantage, c'est que le temps est passable, moins débile qu'en hiver.

Au journal de Louis-Fréchette, cet après-midi, ils m'ont fait venir. Ils étaient quatre: Jean, Madelon, Étienne et Sophie. Je les connais à peine, mais je vois leurs noms sous les articles.

Jean est un grand dégingandé avec des lunettes, Madelon a les yeux verts et des boutons, Étienne est petit et maigre, Sophie parle un peu sur le bout de la langue. Les quatre mousquetaires.

On les voit toujours ensemble, ils ne se lâchent pas. Ils doivent partager un seul lit et une seule assiette, autrement, ce n'est pas possible. Pas étonnant que leur journal se répète. Cependant, je dois admettre qu'ils ont quelques articles potables. Potables, sans plus.

Ils prétendent qu'ils ont besoin de moi. J'ai voulu savoir pourquoi. Ils ont répondu qu'ils manquent de journalistes, d'idées (sur ce point-là, je suis d'accord).

— On aurait besoin de toi tout de suite!

— Avant la fin de l'année?

— Tout de suite! Il nous reste encore deux numéros et on veut se préparer pour l'année prochaine.

— Pourquoi moi?

— Eh bien, tu es discrète, mais tu as l'air

d'avoir des idées originales.

Je me suis fait un plaisir de leur mettre leur mensonge sur le nez:

— Avouez-le, c'est parce que vous savez que j'ai gagné le concours de poésie.

C'est là-dessus que Madelon, qui semble être le d'Artagnan des quatre, a un peu exagéré.

— Bien sûr, ça a aidé, mais ça confirme ce qu'on pensait.

Ils me font suer. Ils mentent. Ils veulent me faire croire qu'ils ont le don de double vue, qu'ils connaissent quelqu'un rien qu'à le regarder déambuler dans les corridors et lancer des bonjours à la volée.

— Vous racontez n'importe quoi. Et puis le fait que j'aie gagné un idiot de concours ne veut pas dire que je pourrais être journaliste.

Sur ce, je leur ai tourné le dos, en espérant qu'ils aillent se faire voir ailleurs.

Ce concours, je n'ai jamais décidé d'y participer. J'avais jeté comme ça des phrases sur des feuilles que j'ai égarées, et quelqu'un les a envoyées. Probablement Madame L. qui n'est jamais capable de se mêler de ses affaires.

De toute façon, je ne me fais pas une gloire d'avoir gagné. Mon poème devait seulement être le moins mauvais de tous. Ou bien les juges, cette année, ont plus aimé les phrases rouillées et écorchées que les lamentations des coeurs esseulés que les filles de mon âge écrivent généralement. C'est leur erreur, pas la mienne.

Je n'irai pas au journal. Moi, je n'ai besoin de personne, donc personne n'a besoin de moi.

***

Je me rends compte que j'avance n'importe comment et que je devrais établir un vrai début à mon histoire, si je veux me comprendre moi-même. Que je commence par le commencement, en fait.

Alors voilà. J'ai seize ans. La seule chose que j'aime de moi, c'est mon prénom: Zoé. Le reste ne vaut donc pas la peine d'être mentionné. Madame L., c'est ma mère, et papa, c'est mon père – original! Mon frère s'appelle Hugo et il est idiot. Le reste est pitoyablement ennuyant.

Je veux raconter les dernières semaines de ma vie. Ce sera une histoire de mort du début à la fin, parce qu'il n'y a que ça de vrai.

Tout s'est déclenché l'an dernier. Je suis devenue consciente. De tout. Surtout du fait que rien ne vaut la peine et qu'on s'enfonce, lorsqu'on vieillit, dans un trou noir sans fond avec des bords glissants qui rendent la remontée impossible. Il y a tant de mensonges et de déceptions dans la vie que...

Mais c'est difficile à expliquer. Je ne serai probablement pas capable de tout retrouver en une fois. Il va falloir que je le fasse par petits bouts. Je n'arrive pas à tout mettre ensemble. C'est comme un casse-tête de trois mille pièces éparpillées dans une forêt vierge. Ça me fait éclater la tête quand j'essaie de rassembler les morceaux.

Je vais attaquer par le début de mon poème. Je ne suis pas certaine de me souvenir du reste, de toute manière.

Strouc yache ouark éclair cassé
La nuit explose en éclats tranchants
Qui déchirent l'air
Coupent l'atmosphère

Warf yeah pttrrrrt obus amorcé
L'est s'abrutit dans une piscine d'acide
Un volcan déchaîné
Une bombe éclatée

Je suis sûre qu'Ybert aurait aimé ça.

***

Madame L. dit que je suis secrète, ce qui l'enrage et la désole:

— Je ne sais plus ce qui t'arrive, mon ourson!

Elle a la mauvaise manie de m'appeler son ourson, son bleuet, sa douceur, son cocotier, son palmier, son orange. Elle en invente à chaque coup, particulièrement quand elle veut me faire des remarques, ce qui arrive dans la plupart des cas où elle m'adresse la parole, donc pas mal souvent.

Moi, je la laisse monologuer. Elle me trouve secrète et elle se désole encore plus et ça dure, ça dure jusqu'à ce que je m'enfuie. Elle n'a pas l'air de penser que, comparé à elle, n'importe qui serait secret. Elle parle tellement qu'elle finit par s'embrouiller et se contredire.

Je me souviens du jour où j'ai eu mes règles. Il a fallu qu'elle aille le jacasser à papa, à mes tantes, aux voisines, même à mon frère Hugo qui a pouffé de rire et m'a fait des blagues idiotes à table, comme s'il y connaissait quelque chose.

Il faut toujours que les garçons fanfaronnent, qu'ils donnent l'impression qu'ils savent tout. Les garçons de l'âge de mon frère, en particulier. Ils se feraient égorger plutôt que de poser une question, et pourtant, ils ne connaissent rien à rien, et surtout pas ÇA. J'ai entendu mon frère glousser à ses copains qu'on pouvait savoir quand les filles étaient menstruées au bouton qu'elles avaient sur le nez. Les rires qu'ils ont eus! Stupides.

Madame L. trouve son rejeton drôle. Moi, il me fait suer. Tout cet air qui lui passe entre les deux oreilles. À se demander s'il ne va pas s'envoler un jour.

Bon, j'ai décidé de relater les dernières semaines de ma vie. Je ne sais pas pourquoi, mais je veux le faire. Pour répondre à Madame L. qui me pose sans cesse des questions, peut-être, et pour mon père qui ne dira rien de toute façon. C'est certain, en tout cas, que je veux qu'ils sachent que je dis non à leur vie, et moi, quand je dis non, c'est vraiment non.

La tête me tourne un peu aujourd'hui. Lorsque je regarde autour, c'est complètement noir, et j'ai cette pierre au fond de la gorge. C'est vraiment une pierre. Elle a des coins pointus. Elle fait mal. J'ai envie de hurler et j'en suis incapable. La pierre ne veut pas être vomie.

Demain, il y aura la répétition pour la remise des prix du concours de poésie, mais je n'irai pas, parce que je n'ai pas l'intention de participer à la cérémonie.

***

À Madame L., qui s'inquiétait que je ne sois pas allée à la répétition – l'école l'a appelée comme si j'avais douze ans pour lui signaler mon absence –, j'ai répliqué que ça ne me tentait pas. Elle en a été horrifiée, autant que si quelqu'un avait mangé directo sur sa nappe en dentelle ou que si j'avais mis une jupe jaune moutarde avec un pull vert fluo. Et des souliers roses en plus. Pour elle, ça ne se fait pas.

— Il faut recevoir les honneurs auxquels on a droit.

— Les honneurs, je m'en fiche.

— Il faut te faire une place dans la société, ma biche. Un peu de reconnaissance ne nuit jamais à personne.

— La reconnaissance, je m'en fiche.

— On va célébrer ton talent. Pour une fois que tu reçois une récompense, tu ne devrais pas rater ta chance.

— Ça me dégoûte. Si tu veux absolument et à tout prix que j'aie une médaille, va la chercher toi-même.

Je lui ai tourné le dos et elle est restée là, bouche ouverte. Non, mais c'est vrai. Une place dans la société, qu'est-ce que ça veut dire? Dans cette société-là, composée d'élèves qui ont la tête vide et de profs qui essaient de la leur remplir avec n'importe quoi? Non, mais!

Qu'est-ce qui se passera à cette remise de prix? Des salamalecs, des petits discours pleins de miel et de sirop d'érable, collants comme des mouches, des petits sourires, de petits applaudissements d'élèves qui préfèrent dormir là plutôt qu'en classe. Tout le monde porte un masque. Les profs aussi, qui ont l'air tout contents qu'un de leurs poussins fasse quelque chose qu'ils approuvent. Au fond, ce n'est pas toi qu'ils félicitent, c'est eux-mêmes.

Quand mon cours de chimie a été fini, je me suis défilée par le trou dans la clôture, au fond de la cour, et je suis allée sur le pont de la voie ferrée. J'aurais pu partir par l'avant, il n'y a pas de clôture, mais j'aime suivre le chemin que je prenais avec Ybert, l'an dernier.

C'est ce chemin que je prendrai à la fin des cours, dans cinq semaines exactement.

***

J'ai décidé de raconter. J'essaie, sauf que j'ai de la difficulté. C'est la première fois que ça m'arrive. Ordinairement, je mets facilement à exécution mes décisions. Sauf que raconter un plan et le réaliser sont deux choses différentes. Je n'aurai aucun problème à réaliser mon plan. Moi, je suis comme Ybert, je fais les choses jusqu'au bout. C'est pour ça qu'on s'aimait.

Je vois déjà Madame L. protester:

— Tu ne finis jamais rien, mon canard. Le ménage de ta chambre, s'il te plaît! Tout est bordélique. Je ne comprends pas comment tu peux vivre dans un tel cafouillis, ma dorinette (je ne sais pas ce que c'est, ça!).

Je lui fais poliment remarquer ici même, dans ce cahier, que ranger sa chambre et préparer sa mort, c'est très différent. L'un est beaucoup plus important que l'autre. Je lui rappelle que le jour où j'ai décidé de vaincre ma peur de l'eau, j'ai réussi. D'ailleurs, est-ce qu'on vit pour garder sa chambre propre? Non, certainement pas!

Aujourd'hui, Madame L. m'a vue étendue sur le gazon – j'ai fait attention, cette fois, de ne pas aller sur les nids de fourmis – et elle s'est approchée en soupirant:

— C'est tout ce que tu sais faire de tes journées, ma louloute, t'étendre et rêvasser. Ça n'a pas de bon sens! Avoir seize ans et si peu d'énergie. La vie, mon abeille, a besoin qu'on la prenne avec un peu d'énergie. On se demande ce que tu feras plus tard, à quoi tu arriveras.

Je l'ai regardée, muette. La vie, moi, je ne la prendrai pas. Elle est trop débile. Et je n'arriverai à rien, je suis déjà rendue assez loin.

***

Hier midi, Mylène, ma meilleure amie, a trouvé le moyen de me rattraper entre deux cours, même si je fais tout pour l'éviter depuis le début de l'année. Elle essayait de se donner l'air de ne pas avoir couru.

— Comment vas-tu?
— Bien.
— Quand est-ce qu'on se voit?
— Je n'ai pas beaucoup de temps...
— Avant, tu trouvais le temps et moi aussi. Je ne sais plus ce qui t'arrive...
— Tu sais tout, mes cours, mes chicanes avec ma mère, mon père qui joue aux statues. Ça ne change pas, ça ne changera jamais. Je ne vois pas pourquoi je te le répéterais cent mille fois.

Là, elle a éclaté. Je ne m'y attendais pas.
— Ce n'est pas possible! Voilà un an que ça dure. Tu es mon amie, mais je n'en peux plus. Tu ne pourrais pas faire un effort? L'amitié, ça s'entretient. Tu n'as plus rien à me dire? Est-ce que je t'ai fait quelque chose?

Elle pleurait. Ses yeux étaient tout noirs à cause de son mascara. Le mascara dont elle se met trois couches au moins avant de faire pipi le matin. Ça lui souligne les yeux, la seule partie jolie de son visage, pense-t-elle. J'étais mal à l'aise.
— Tu me prends comme je suis ou tu ne me prends pas.
— Quand on ne va pas bien, il faut parler. Je passe mon temps à courir après toi, tu te sauves, tu m'évites. Je ne sais plus quoi faire.

Elle hoquetait, tellement elle pleurait. Soudain, elle s'est reprise. Elle a sorti un mouchoir.

— On ne s'est pas vraiment parlé depuis un an, Zoé, depuis qu'Ybert...

Mes oreilles se sont mises à bourdonner, je n'entendais plus. Je me suis retournée vers elle et j'ai crié:

— Ce n'est pas ça. Laisse-moi tranquille. Je n'ai rien à dire.

Je me suis sauvée. Heureusement, la cloche sonnait, il fallait rentrer en classe. Mylène est mieux de s'habituer à ne pas me voir et à ne pas m'entendre. Elle ne viendra pas avec moi dans mon voyage, alors...

Hier soir, elle m'a appelée.

— Excuse-moi. Je ne veux pas couper tous les ponts entre nous. Raconte-moi n'importe quoi. Parle-moi de n'importe quoi. Qu'est-ce que tu as fait aujourd'hui?

Je n'étais pas fâchée contre elle, comme elle semblait le croire. Pour la rassurer, j'ai raconté mes démêlés avec les nids de fourmis. Elle avait l'air contente. Elle dit que les fourmis font partie des rares insectes sociaux de la planète et qu'elles sont très intéressantes, si on les observe attentivement. Moi, ça ne m'intéresse pas de les observer. Et je suis certaine qu'au fond, elle s'en fiche, elle aussi. Elle voulait seulement me tenir au bout du fil.

J'ai raccroché le téléphone et j'ai pensé à l'amitié. Madame L. affirme qu'on peut vraiment ressentir de l'amour pour ses amis. L'amour, je l'ai connu et ce n'est pas ça. La preuve, c'est qu'après notre conversation, je pensais beaucoup plus aux fourmis qu'à Mylène. Elle, je suis sûre qu'elle pensait beaucoup plus à moi qu'aux fourmis. Elle m'aime, mais moi je ne suis plus capable d'aimer.

***

Il faut que je me prépare. Je ne sais pas exactement comment Ybert a fait. Je crois qu'il a tout simplement sauté dans l'eau. C'est pour ça qu'il a sauté le soir. Il ne voyait plus à quel point c'était haut. C'est une bonne façon. Après, on a juste à se laisser couler.

Quand je repense à ce soir-là, je suis incapable de me souvenir de tout. Il y a des trous noirs. Ybert m'en avait glissé un mot, mais je n'ai pas compris. J'ai été idiote. C'est pourquoi je suis sûre qu'il l'a fait, contrairement à Madame L. qui répète, comme tout le monde, que c'était un accident.

Moi, je sais à quel point il était malheureux, et c'est pour ça qu'il a décidé de partir. Je l'aimais et je voulais l'aider. Mais l'amour ne sert à rien. Je l'ai aimé plus que n'importe qui au monde et ça n'a rien changé.

Sa mère voulait me parler, après. Je n'y suis pas allée. C'était le grand froid entre lui et ses parents, et je ne vois pas pourquoi j'irais frissonner entre eux à mon tour.

Il faut que je m'exerce à plonger. Il faut surtout que je m'exerce à me laisser couler.

***

Je me suis rendue dans une piscine où il n'y avait personne. C'est une piscine que je ne connais pas, où je ne me suis jamais baignée. Je suis montée sur le tremplin. Ça m'a fait tout drôle. Voilà un an que je ne suis pas montée sur un tremplin. Depuis Ybert.

J'ai trouvé ça haut. C'est très bizarre, je me sentais bien, même si j'avais peur. Je respirais par saccades en montant. Une fois là-haut, je me suis calmée. Je ne sais pas comment dire... Ma tête avait peur, mais mon corps se sentait bien, lui.

J'ai plongé une première fois. C'était difficile. J'ai replongé. Chaque fois, ça devenait plus facile. Ensuite, j'ai pensé qu'il faudrait que je m'exerce à me laisser couler.

Entre-temps, des gens sont entrés. J'ai surtout remarqué un gars qui me regardait. Il m'a laissée plonger. Puis il a plongé derrière moi. On n'était que deux à plonger, l'un après l'autre. Il s'est essayé:

— Toi, ça fait longtemps que tu plonges.

Je n'ai rien répondu et j'ai plongé. Il a plongé aussi et m'a collé aux talons dans l'escalier. Sur la planche, il m'a encore parlé:

— Comment tu t'appelles?

Je n'ai pas tourné la tête et j'ai replongé. En espérant qu'il se noie en me suivant.

— Tu ne viens pas souvent ici, hein?

Il ne s'était pas noyé, visiblement. J'ai replongé. Il m'a re-suivie.

— Moi, je suis Xavier.

Re-plongeons. Re-escaliers. Je commençais à être essoufflée. Mes oreilles devenaient rouges de rage. Il a dû s'en apercevoir.

— Écoute, ce n'est pas du harcèlement sexuel et je ne cherche pas de blonde. Je fais partie de l'équipe de plongeurs qui s'entraîne ici.

J'ai volé vers l'eau. Il me collait encore

après, l'eau dégoulinant de ses cheveux, qu'il a plus longs que les miens. Et du haut de la planche, il me lance:

— Tu as ce qu'il faut pour devenir une vraie plongeuse.

Là, j'en ai eu assez. Je me suis retournée vers lui.

— Ça ne m'intéresse pas!

Et, avec un superbe élan, j'ai volontairement raté le plongeon le plus facile, le saut de l'ange. J'ai fait un tel flop en arrivant à la surface que je suis sortie toute rouge de la piscine et qu'il a été arrosé, même s'il était à l'arrière du plongeoir. Ce qui l'a bouché net et l'a gardé sur la planche durant au moins trente secondes, le temps que l'eau de la piscine cesse de danser dans tous les sens comme une folle.

Lorsqu'on a décidé de faire le grand plongeon, ce n'est pas le moment de s'entraîner pour les Jeux olympiques.

Après, il ne m'a plus parlé. Exactement ce que je voulais. Mais étant donné son intérêt, je ne pouvais pas vraiment m'exercer à couler, il aurait remarqué quelque chose de bizarre. Je suis partie.

Madame L. a fait des commentaires quand je suis rentrée à la maison.

— Enfin, tu recommences à nager. Un an plus tard. Si tu savais comme je suis contente, ma poulette.

— Tant mieux pour toi.

— Vas-y doucement. Ne plonge pas tout de suite. Veux-tu que j'aille avec toi, la prochaine fois?

J'étais furieuse.

— Je suis assez grande pour plonger toute seule!

Et je me suis enfermée dans ma chambre. Cette manie qu'elle a de toujours se mêler de mes affaires, de toujours tout deviner. En fait, ce n'était pas sorcier: je sentais le chlore et j'avais les cheveux mouillés. De toute façon, elle aurait vu mon maillot sécher.

Il n'y a pas moyen d'avoir une vie à soi dans cette maison. La prochaine fois, je m'arrangerai pour rentrer pendant qu'elle sera à son travail. Je me suis étendue sur mon lit avec l'envie de faire la morte, tellement j'étais en colère.

Quand j'étais petite, je jouais souvent à faire la morte. J'ai envie de faire la morte sous mes draps, là, tout de suite. Et que papa et maman jouent à me chercher et à me trouver après avoir mis toute la maison sens dessus dessous.

Je te demande pardon, Ybert, j'ai peur de manquer de courage. Mais j'y arriverai, tu verras. Attends-moi seulement encore un peu. Juste un peu. Tu aurais dû m'attendre, ce soir-là. On aurait sauté ensemble, tu aurais été moins malheureux.

Je te jure que chaque fois que quelqu'un essaie de me parler de toi, je me bouche les oreilles. Ils ne savent pas, personne ne sait. Tu ne parlais à personne, sauf à moi, tu me l'as dit. Mon poème, je l'ai écrit en pensant à toi. Là où tu es allé, je vais aussi.

Schtop crrouphts schtacks proukts
Mes mains crachent le sang
L'horreur rouge s'étend
Sur mon manteau blanc

Semaine 4

Ce soir, c'est dimanche. Madame L. et son mari sont allés au théâtre. Je suis toute seule et je ne fais rien. Rien d'autre qu'écrire. Ça me prend tout mon courage parce que je pense à Ybert.

On dirait que, depuis quelques jours, il est revenu. Il est revenu en moi. Avant, je ne le voyais pas. À présent, je rêve à lui et il y a des souvenirs qui commencent à monter, monter, comme dans un puits qui veut déborder ou une rivière en crue au printemps. Et dans ces moments-là, j'ai envie de pleurer. Mais je m'en empêche. Parce qu'il me semble que si je pleure, son souvenir va se dissoudre et je ne veux pas.

Il avait... Ça y est, je pleure quand même. Il avait des yeux verts avec de longs cils. Et lorsqu'il fermait les yeux, j'avais l'impression qu'il fermait une fenêtre, et je le perdais. Il fermait les yeux longtemps. On aurait dit qu'il se reposait par en dedans. Ça m'arrive d'essayer de faire comme lui, mais j'ai peur quand je ferme les yeux trop longtemps.

Je me souviens que je le regardais et que mon coeur se soulevait un peu ou tombait au fond de moi, je ne sais plus, et je me questionnais: «Est-ce que c'est vrai qu'il m'aime?» Je n'osais pas lui poser la question.

Quand j'étais avec lui, je n'arrivais pas à penser. J'étais avec lui, c'est tout. Je l'écoutais. Il regrettait d'être un enfant adopté. Selon lui, les gens adoptent des enfants non pas par amour, mais pour se désennuyer ou se raccommoder.

La preuve que ses parents ne l'aimaient pas, c'est qu'ils l'oubliaient. Ils l'oubliaient dans la voiture, oubliaient de le faire garder lorsqu'il était petit, oubliaient de lui dire bonjour, de le faire manger. Ils l'oubliaient, tout simplement. Ils oubliaient son existence régulièrement.

Ybert pensait qu'ils auraient mieux fait de ne pas l'adopter, de le laisser mourir à l'hôpital ou de le retourner quand ils se sont aperçus qu'ils ne l'aimaient pas. C'était trop tard, et il n'avait qu'un désir: partir, le plus vite et le plus loin possible.

Moi, je trouvais qu'il exagérait. Sa mère est assez distraite, c'est vrai, mais pas mal rigolote. Elle oubliait souvent les pommes de terre sur le feu, les casseroles au four et aussi de refermer son congélateur. Après, c'est son mari qui devait faire le ménage. Lui aussi, il oubliait des choses, par exemple d'aller la chercher après son travail, certains soirs. Les deux se fâchaient souvent et, là, ça bardait dans la maison.

Ybert voulait être chanteur. À l'école, quand il était sur scène, il y avait comme une électricité dans l'air. Quelque chose. Peut-être que c'est moi qui le voyais de cette façon et que je suis la seule. Sa mère était d'accord avec son projet, son père, pas. Il trouvait ça trop aléatoire.

— Comment vas-tu gagner ta vie?

Sa mère répliquait:

— Laisse-le faire pour le moment.

— Il faut lui enlever tout de suite cette idée de la tête, avant qu'il soit trop tard.

— Écoute, il a dix-sept ans, il a bien le temps.

— Il n'y a plus d'emplois, il faut s'en rendre compte. Non, non, il faut qu'il oublie ses idées folles, et toi, cesse de l'encourager.

Le dernier soir, il avait chanté aussi, mais il a complètement raté son coup.

Eh bien! ils peuvent être contents, ses parents! Ybert n'a plus d'idées folles. Il n'a plus d'idées du tout.

Je ne sais pas à propos de quoi ils se disputent, maintenant qu'il n'est plus là.

***

Les quatre mousquetaires sont revenus me voir aujourd'hui. Jean, Madelon, Étienne et Sophie. Jean, le dégingandé avec des lunettes, s'est fait porte-parole. Comme s'ils s'étaient préparés à me rencontrer.

— Madelon, Étienne, Sophie et moi, on a pensé que tu avais peut-être changé d'idée.

— Madelon, Étienne, Sophie et Jean, non, je n'ai pas changé d'idée. Je ne change pas d'idée facilement.

— On voit sssa, a repris Sophie qui a un fil sur la langue. Tu ssssais, on dit exactement sssse qu'on veut, au journal. Il n'y a pas de sssenssssure (traduire: censure).

— Ça, ça m'étonnerait!

— On te le jure, a riposté Madelon-aux-boutons.

Et Étienne a pris une grande inspiration:

— On le fait parce qu'on croit que c'est vraiment important de s'exprimer sur ce qui nous arrive. Les profs ne le savent pas, personne ne sait ce qu'on a dans la tête. Nous, on s'est donné la tâche de le dire, d'expliquer.

Il me regardait, inquiet de savoir si j'avais bien compris. Moi, je rigolais.

— Et ça marche, votre missionnariat? Les profs sont en amour avec les élèves? Tout le monde colle après les heures de cours pour fraterniser? Il n'y a plus personne qui se suicide?

Ils sont restés baba. Pas un mot pendant... oh, pendant trois secondes. Puis Sophie s'est réveillée. Elle s'est mise à bégayer, en plus de son défaut de prononciation.

— Au m-m-moins, on f-f-fait quelque chose!

— Moi, j'aime mieux ne rien faire que de faire n'importe quoi.

Madelon était restée calme.

— Écoute, on arrête si on t'ennuie. On a

simplement pensé que tu serais bonne, c'est pourquoi on insiste. Mais si tu ne veux pas, on te respecte. On voudrait juste que tu nous donnes la permission de publier ton poème dans le prochain numéro, il est vraiment magnifique.

J'étais estomaquée.

— Vous le connaissez?

C'est Jean qui a eu le mot de la fin:

— On faisait partie du jury. Il y avait des élèves, cette année. Tu ne le savais pas? On l'a pourtant annoncé partout.

J'ai bafouillé un vague quelque chose qui ne ressemblait à rien. Ils ont pris ça pour un oui, ils m'ont tourné le dos dans un bel ensemble et ils sont partis. Ça alors! Je voulais pleurer, rire et crier. La tête me bourdonnait. Toute la tête. J'étais sonnée.

Ils étaient loin, je les voyais encore au bout du couloir, le grand Jean, le petit Étienne, la Sophie aux cheveux raides et la Madelon aux jeans trop grands. Ils disparaissaient pendant que je fondais sur place. Je souhaitais que personne ne me voie.

Mais Mylène est arrivée, souriante.

— Allô!

Puis elle m'a vu la tête. Elle s'est tout de suite inquiétée.

— Qu'est-ce qui se passe? Qu'est-ce que tu as? Tu as vu des fantômes ou quoi?

— Ils vont publier mon poème dans le journal.

— Wow! J'ai hâte de le lire! Quand je pense que tu ne me l'as même pas montré!

— Oh, ce n'est pas la peine.

— Voyons donc! Tu as gagné le concours, il doit être pas mal.

— C'était peut-être seulement le moins mauvais.

— Tu as le don, toi, de te descendre, de te diminuer, de trouver que tout ce que tu fais est ennuyant et inutile. Ça ne t'a pas encore lâché?

Elle m'a reconduite jusqu'à la salle de cours en vantant mes mérites, ou plutôt les mérites de mon poème qu'elle n'a pas encore lu.

À présent que j'y repense, il me vient l'idée que la récolte d'articles pour le prochain numéro du journal doit être particulièrement mince pour que les mousquetaires décident de publier mon «oeuvre». J'imagine qu'ils vont en profiter pour lui faire remplir toute une page. Dégoûtant. Je ne veux pas, je ne veux plus. Ils m'ont prise par surprise. Je ne veux pas faire rire de moi dans tout Louis-Fréchette.

Demain, j'irai les trouver et je leur refuserai ma permission. Qu'ils trouvent autre chose. Qu'ils copient leur numéro précédent, des pages de livres de chimie, les graffitis des toilettes, le tableau des petites annonces style: «J'ai besoin d'une chambre à air, la mienne est percée.» Qu'ils demandent aux profs de répéter leurs sermons, qu'ils demandent à la directrice adjointe de nous raconter ce qu'elle mange au déjeuner, qu'ils demandent à ma mère sa liste de petits mots doux, tiens!

N'importe quoi, vraiment n'importe quoi sera beaucoup plus intéressant.

***

Quand je n'en peux plus de rester dans ma chambre, mais que je ne veux voir personne, je vais sur le gazon. Les fourmis ont refait le nid. Ce n'est plus une maison, c'est un triplex. Ce n'est plus une bosse, c'est un monticule grouillant, mouvant, plein de petits trous. Je l'ai encore détruit, ça leur apprendra.

Pour une fois, je fais ce que Madame L. veut. Pourtant, elle ne le saura pas. Elle croira que c'est papa, et elle sera gentille avec lui. Jusqu'à ce qu'elle découvre la vérité. Et tout recommencera.

— Tu ne voudrais pas, mon chéri (mon père, elle l'appelle toujours mon chéri, elle a moins d'imagination que pour moi), détruire les nids sur le gazon? Et pendant que tu y es, tu ne pourrais pas laver ma voiture? Je n'ai vraiment pas le temps!

Le problème de la voiture lui donne un élan.

— Qu'est-ce qu'ils vont penser à la Ville en voyant la directrice du personnel se promener dans une voiture qui ressemble à un vieux torchon? Qu'elle soit vieille n'a pas vraiment d'importance (là, elle ment, parce qu'elle aimerait beaucoup mieux avoir une voiture flambant neuve), pourvu qu'elle soit propre. Qu'elle soit vieille, c'est un peu une attention de ma part pour le personnel, avec toutes ces mises à pied, mais qu'elle soit crottée, c'est inacceptable.

Et papa répond, en me regardant:

— C'est drôle comme on se fait prendre quand on rend service. Au début, j'ai lavé la voiture de ta mère pour être gentil et, à présent, je suis lié par un contrat à vie.

— C'est pour ça que je ne veux pas faire

la vaisselle, dit Hugo-le-nono.

— Tu vois ce que ça donne, des raisonnements pareils, soupire Madame L. C'est ce que les enfants assimilent. D'ailleurs, Hugo pourrait t'aider. Ça vous amusera. Vous avez le temps de vous amuser, chanceux!

Là, elle tombait de façon détournée sur le sujet tabou. Parce qu'il faut dire que papa ne travaille pas régulièrement. Il est architecte paysagiste et, ces temps-ci, peu de gens se font dessiner des parterres. Madame L. lui a toujours conseillé de se trouver de gros clients, mais il a pris les clients qui arrivaient, sans chercher plus loin. Et voilà que les clients n'arrivent plus.

— C'est ta faute, je te l'avais prédit.

— Avec ou sans gros clients, tous les architectes paysagistes ont des difficultés en ce moment.

Madame L. n'entend rien et, le lendemain, tout est à recommencer. J'ai vu qu'après la discussion sur le lavage de la voiture, ils allaient passer à celle sur les petits, moyens et gros clients. Je suis partie en quatrième vitesse à la piscine.

Ce n'est pas évident, couler. Pas évident du tout. Si je veux être vraiment sûre de couler définitivement, il faudrait que le pont d'où je saute soit plus haut que celui de la voie ferrée. Quelque chose comme la hauteur du pont Jacques-Cartier.

Xavier, le gars collant aux cheveux longs, blonds et dégoulinants de l'autre jour, ne s'est pas présenté. La paix. J'ai plongé autant de fois que j'ai voulu.

Dans l'air, je volais, dans l'eau, je devenais une pierre. Du moins, j'essayais. J'ai commencé à calculer combien de secondes je pouvais rester sous l'eau. Pour savoir exactement quand ne pas remonter. J'ai commencé à dix secondes, je me suis rendue à vingt. Ça m'a donné mal aux poumons et, ce soir, j'ai mal à la tête.

Ybert aimait me voir plonger. Lui n'était pas très bon. Cependant, il se rattrapait sur la natation. Il avait passé tous les étés de son enfance au bord d'un lac. Ça aide à se familiariser avec l'eau. C'est pourquoi je pense qu'il a dû avoir de la difficulté, lui aussi, à se laisser couler. Il était très bon nageur. Il a eu besoin de toute sa détermination.

Il faudrait que j'essaie de reconstituer ce qui s'est passé, tout ce qui s'est passé. Avant, c'étaient ses parents qui l'oubliaient; à présent, c'est moi. Mais je ne me laisserai pas aller. Je veux me souvenir de tout, même si tout a été affreux, pour lui et pour moi.

Il y avait un an qu'on sortait ensemble, on avait décidé de fêter notre anniversaire. On cherchait une activité originale à faire. On ne trouvait rien.

J'ai proposé n'importe quoi, juste pour l'amuser: une dégustation de pizzas, aller voir la moitié d'un film, s'enrouler dans des draps comme des momies et rester immobiles pendant toute une journée... Il n'avait pas le coeur à rire. En réalité, il n'avait pas envie de fêter. Maintenant, je sais pourquoi.

On n'aurait rien fait de toute façon, parce que notre anniversaire tombait le soir du grand party des étudiants et qu'Ybert voulait chanter. Il voulait absolument chanter, c'était sa dernière soirée à Louis-Fréchette. Il avait décidé de décrocher pour un an, l'année suivante.

C'est ce que j'avais compris. J'ai dû me tromper. Il parlait souvent par énigmes. Je croyais comprendre, mais je m'apercevais quelques jours plus tard que ce n'était pas le cas ou qu'il avait changé d'idée. En tout cas, on n'a jamais fêté notre anniversaire.

J'aimais quand on s'embrassait.

***

J'ai téléphoné à Mylène:

— À la fin de l'année, je te donne ma collection de toupies.

J'ai amassé, depuis que je suis née, une impressionnante collection de toupies. Mylène les a toujours aimées. C'est grâce à elles qu'on est devenues amies, à la maternelle.

Elle me regardait avec fascination faire tourner mes toupies et elle suppliait ses parents de lui en donner, mais elle n'en a jamais eu autant que moi, ni d'aussi belles. Elle a fini par me concéder la supériorité sur les toupies et, moi, je n'ai pas essayé d'avoir autant d'oursons qu'elle.

— Tu es folle? Non, voyons!

— Je te les donne. Tu les prends, oui ou non?

— Je ne comprends pas, Zoé.

— Si tu ne les prends pas, je les jette.

— Pourquoi veux-tu faire ça?

— Parce que.

— Tu peux grandir et avoir des choses que tu aimes. Quand tu auras un appartement, ça te fera une belle décoration, et pratique... Tous les gars vont culbuter dans les toupies et tu les auras à tes pieds sans être obligée de lever le petit doigt.

J'ai souri, mais elle ne pouvait pas voir, au

téléphone. Il y a eu un silence gêné.

— Il me semblait que tu les aimais.

— C'est sûr que je les aime.

— Tu as toujours dit que tes toupies sont ce que tu as de plus précieux au monde.

— C'est encore vrai.

— Alors pourquoi veux-tu me les donner?

— Parce que tu es ma meilleure amie.

Elle ne savait plus quoi dire pour dire non, pour dire oui.

— À la fin de l'année? Pourquoi?

— Parce que.

— Qu'est-ce qui se passe à la fin de l'année? Tu pars en voyage? Tu décides d'avoir honte de ton enfance? Tu changes la décoration de ta chambre?

— C'est un peu tout ça.

— Ma fille, moi, je garde tous mes toutous, tous mes dessins. Je ne les regarde pas souvent, pas plus d'une fois par année. Mais ça me fait du bien, de temps en temps, de retomber en enfance. Et là, c'est juste si je ne suce pas mon pouce. Je demande à maman de me rappeler comment j'étais, petite. Et chaque fois, elle trouve des souvenirs nouveaux. Je ne sais pas où elle les prend. Je pense qu'elle a aimé ça, maman, quand j'étais petite. Tu comprends, une fille qui arrive après trois garçons...

Elle était lancée, et lorsque Mylène est lancée, il faudrait un bulldozer pour l'arrêter. Je n'ai pas essayé, ça faisait mon affaire d'échapper à l'interrogatoire.

Je lui donne ce que j'ai de plus précieux au monde. Ce sera une vraie preuve de mon amitié pour elle.

***

Je ne sais pas si je me présenterai aux examens. Vraiment, je ne vois pas pourquoi je me donnerais autant de travail. Mais si je n'y vais pas, ça mettra tout le monde en émoi, ma mère, mon père, l'école au grand complet.

Je les vois déjà chercher pourquoi, me faire suivre par un psychologue, par un conseiller, par un curé, par tout un tas de personnes bien intentionnées que j'aurai sur le dos. J'imagine déjà leurs regards inquiets, des regards de commisération qui vous donnent l'impression d'être une extraterrestre, une décrocheuse en devenir, une pas-comme-les-autres, une anormale, une hors contexte, une révoltée passive, une dégénérée de l'éducation, une sans-abri dans la société organisée.

Pas envie, vraiment pas envie.

Alors il va peut-être falloir que je me présente aux examens. Au moins à quelques-uns. Seulement pour ne pas avoir de problèmes.

Je suis allée au local du journal en fin de journée, vendredi. Je m'attendais à devoir livrer bataille pour récupérer mon poème, mais il n'y avait personne.

J'ai décidé de fouiller. Je n'ai pas eu à déranger grand-chose. Tout était sur les tables, empilé. Le projet de journal était là, devant moi. Articles dactylographiés, découpés aux ciseaux et collés sur de grandes feuilles, lignes tracées à la main, petites étoiles pour diviser les paragraphes. Un journal de huit pages. Plein d'articles.

J'ai cherché mon poème. Je l'ai trouvé en plein centre, entre un article sur les frais de scolarité et une caricature du directeur qui se poste sur le coin d'une rue pour faire rentrer les décrocheurs en classe. Il y avait une introduction:

À notre connaissance, Zoé Listel n'a pas écrit beaucoup. Pourtant, la force de son poème, qui frappe comme un cri de révolte et de douleur, lui a valu l'éloge unanime du jury et, par conséquent, le prix de poésie de l'école secondaire Louis-Fréchette, cette année.

J'ai pris la feuille et je suis partie.

Je revois mon poème pour la première fois. Il est plus long que dans mon souvenir. Ça me fait mal de le relire. Je l'ai écrit un soir où un grand oiseau noir m'avait poussée au fond du fond de mon lit. C'est vrai que je ne l'ai presque pas travaillé. C'est vrai qu'il est sorti de moi, comme on crie soudainement. Comment peuvent-ils savoir ça?

Il me rend mal à l'aise, ce poème. C'est le seul que j'écrirai de ma vie. Je ne veux plus jamais me retrouver dans cet état-là. Jamais. Voilà une autre des raisons pour lesquelles je veux partir.

Si c'est ça, la vie, c'est trop pénible. C'est une sorte de maladie trop grande pour le corps. Elle nous submerge, prend possession de nous, nous mène par toutes les fibres de notre être et on ne peut plus marcher, ni danser, ni regarder autour de soi, jamais, parce qu'on porte un fantôme plus grand et plus lourd que soi.

Je ne veux pas qu'il soit publié, ce poème. J'ai trop honte. Les gens vont me regarder de travers, me détester, rire de moi, ils ne me parleront plus jamais. Ils vont me réduire en tout petits morceaux effrités. Ils vont me voir telle que je suis, pleine de mal et de peine et de misère et de chagrin et de complexes et de boules dans la gorge.

Je me suis couchée dans un coin de mon lit, j'ai mis mon oreiller sur ma figure et j'ai presque crié. Ça m'a déchirée en dedans. Madame L. est venue à la porte.

— Tu as une grippe qui se prépare, mon pissenlit?

Je suis arrivée à lui dire, d'un ton qui ne l'invitait pas à entrer:

— Non, je me suis étouffée!

Elle n'est pas entrée.

***

Je suis idiote! Ils doivent avoir tout le journal sur ordinateur. Il va falloir que j'y retourne la semaine prochaine et que j'efface le fichier.

Oh! je me battrais, tellement je suis idiote! Je suis mal organisée, toujours en retard sur les nouvelles, toujours à part. Je ne sais plus rien, je ne me rends compte de rien.

Les autres parlent de trucs dont je ne connais pas le premier mot. Ils racontent des histoires qui ne m'intéressent pas. Je les vois préparer des soirées et je n'y vais jamais. En tout cas, pas depuis qu'Ybert est parti.

J'ai refusé tant d'invitations que je n'en ai plus reçu. Je ne sais plus quoi faire. Vraiment, je suis en dehors de tout. Je vais même rater mon suicide, si ça continue.

Je ne comprends pas pourquoi Ybert m'aimait, je n'ai rien d'aimable. À part mon prénom. Mais ce n'est rien, un prénom; c'est juste un atout dans un jeu – la vie – qui en exige au moins un million. Je ne gagnerai pas, de toute façon. Et puis, tant qu'à réussir comme les gens que je connais, autant échouer.

Peut-être qu'Ybert ne m'aimait pas, non plus. Peut-être qu'il n'avait pas le choix, que j'étais la seule qui lui parlait. Alors il a bien fallu qu'il me dise quelque chose. Je ne sais pas. Je ne saurai jamais.

Ma tête tourne, je vais m'évanouir. Oh! si ça pouvait arriver et que je ne me réveille plus! La nuit, je fais des cauchemars et je veux me réveiller. Le jour, je suis mal et je voudrais dormir. Je n'en peux plus de vivre.

***

J'en ai assez de détruire des nids de fourmis. Je n'arriverai pas à les éliminer. Puisque je les avais sous le nez, je me suis mise à les regarder. Je n'en reviens pas. Il faut avoir une sacrée tête dure pour recommencer toujours la même occupation.

Ces bestioles-là, elles vivent une catastrophe nucléaire – la destruction de leur nid, c'est une bombe atomique – et elles ne se posent pas de questions. Elles se dépêchent de courir en tous sens pour se faire un autre nid. C'est de l'entêtement. Ou de la stupidité pure et simple.

Si elles pensaient, elles s'arrêteraient un peu et se laisseraient mourir. Ce qui les attend, c'est un autre nid défait, et encore un autre, et un autre encore, à perpétuité. Mais elles ne le comprennent pas. On dirait qu'elles oublient les nids les uns après les autres.

La seule chose dont elles se souviennent, c'est la façon de les construire. Ça, elles savent. Toutes, de la plus petite à la plus grosse, de la première à la dernière, elles savent quoi faire. C'est débile, fascinant, fabuleux, idiot au dernier degré.

Semaine 3

Ce matin, je me suis levée plus tôt que tout le monde. Madame L., qui m'a trouvée prête à partir dans la cuisine, n'est pas encore revenue de sa surprise.

— Tu te prépares à faire une belle semaine, mon poussin!

Si elle savait.

— Il faut absolument manger quelque chose quand même. D'autant plus, je dirais. Ta journée sera plus longue, non?

Je n'avais pas faim, j'ai tout jeté sur ma route. Je courais comme une folle et j'avais mal aux poumons. Huit heures trente. Il fallait que j'arrive à l'école, que j'aille au local du journal, que j'ouvre l'ordinateur et que j'efface mon poème. Absolument, absolument. Absolument.

Je voyais rouge et noir devant moi, j'ai pris tous les raccourcis. Le petit matin était frisquet. Il y avait une sorte d'humidité dans l'air, la rosée, je crois bien, et la myriade de petites molécules d'eau en suspens, arc-en-ciel à travers lequel je fonçais comme un bolide, m'empêchait de m'étouffer de sécheresse. Heureusement que j'ai fait un peu d'exercice dernièrement, ça m'a donné de l'endurance.

Je serais bien accourue à Louis-Fréchette à sept heures trente, mais les portes sont verrouillées. Je le sais, j'ai déjà essayé avec Ybert. On travaillait sur une chanson et on devait la finir au plus vite, parce qu'il voulait la casser le soir.

Finalement, on n'a jamais pu. Il a fallu rester dehors et on gelait. Les idées gelées, ça compose mal. Les mots de verglas se forment devant vous, ils sont difficiles à lire parce que la lumière passe à travers. Je blague, bien entendu. On a commencé une autre chanson sur les idées gelées, justement, gelées dans tous les sens du terme. Ça aurait pu être comique, mais on ne l'a jamais terminée celle-là non plus. On n'a jamais rien fini, avec Ybert. Il n'y a que sa vie qui soit finie, maintenant.

Mes idées gelées
Mon air enneigé
Mon nez en frimas
Mes oreilles qui...

Là, on a eu du mal à trouver la rime, alors on a dit:

Mes oreilles qui tombâ...

Et on a ri.

***

Même essoufflée, je suis arrivée trop tard. Tout était disparu. Plus de journal sur la table. Jean vidait la poubelle, Madelon passait le balai, Étienne replaçait des chaises et Sophie se limait les ongles.

J'aurais mieux aimé qu'ils ne soient pas tous là. Ça m'est sorti d'un trait:

— Mon poème, je ne veux plus qu'il soit dans le journal!

L'un après l'autre, ils ont tourné la tête vers moi. Madelon a parlé:

— Je suis désolée, c'est trop tard. Il est à l'impression depuis samedi.

— Comment ça? C'est ouvert le samedi? Vous travaillez le samedi?

— On n'a pas le choix.

Jean a levé la tête au-dessus de sa poubelle:

— D'ailleurs, il avait disparu, samedi, ton poème. Ce ne serait pas toi qui...

— Je ne veux plus. Appelez l'imprimeur, quelqu'un, appelez l'imprimeur.

— En fait, c'est une photocopieuse...

— Arrêtez la photocopieuse. Appelez! Faites-la arrêter.

Ils étaient abasourdis. Je n'arrivais pas à retrouver mon souffle, tellement j'avais couru et tellement j'étais en colère.

— Zoé! Je suis désolé, c'est impossible. Le journal arrive tantôt...

— On a refait la page du centre et...

— Vous n'aviez pas le droit!

— Tu nous avais dit oui. On ne pouvait pas imaginer que tu changerais d'idée.

— Je ne veux pas que tout le monde le lise... Je ne veux pas...

Je commençais à pleurer et je m'en voulais.

— Tu as tort, c'est un très beau poème.

— Vous mentez. Il est horrible, horrible.

Je suis sortie en pleurant. Jean et Madelon m'ont rattrapée.

— Zoé, c'est un des plus beaux poèmes qu'on a lus, je te jure. Tu peux nous croire. Tu n'as pas besoin d'avoir honte.

— On s'est tous reconnus dedans. On aurait tous eu envie de l'avoir écrit nous-mêmes. On était tous jaloux de toi!

Je suis sortie de l'école en courant. Je ne voulais pas être là quand le journal arriverait. Comme je ne pouvais pas rentrer à la maison parce que papa était là, je suis allée à la piscine. Une chance que j'avais apporté mon maillot, ce matin.

***

Je n'avais pas fait deux plongeons que Xavier est arrivé. J'ai voulu partir, mais il m'a retenue.

— Attends, je veux te présenter à mon instructeur.

Toute son équipe a rappliqué dans les cinq minutes. À peu près moitié gars, moitié filles, personne de Louis-Fréchette. Et un grand type un peu plus vieux à l'air timide. Qui s'exprime tout doucement. Qui a l'air fort sans rouler des biceps plus gros que la tête et qui vous regarde bien droit. C'est l'instructeur.

Après les présentations, Xavier l'a convaincu de me laisser plonger. Ce qui n'a pas été difficile, il est persuasif. Il a fallu que je m'exécute, sinon ça aurait paru bizarre. De toute façon, c'était déjà bizarre que je sois à la piscine un lundi matin. Alors, tant qu'à y être.

J'ai fait trois plongeons en essayant d'oublier les spectateurs alignés sur le bord de la piscine. J'aurais voulu qu'ils soient distraits, qu'ils bâillent, mais on aurait dit qu'ils suivaient une partie de hockey, tellement ils avaient les yeux rivés sur moi. J'aurais voulu être sous les gradins, derrière un miroir, sous l'eau, sous terre, ver de terre, racine ou lave pétrifiée depuis un million d'années.

Cependant, j'aime plonger, même dans ces conditions-là. C'est-à-dire, j'aime pardessus tout le court moment où je suis totalement libre, dans l'air, bras étendus... Plus je monte, plus je me sens légère.

Sur le tremplin, on saute plus haut que dans la vie et, dans mes rêves, je saute encore plus haut. J'essaie de retrouver sur le tremplin la sensation que j'ai dans mes rêves. Décoller comme un oiseau, comme un avion, comme une fusée. Décoller. Ce matin-là, j'ai sauté moins haut que d'habitude, j'étais trop intimidée.

L'instructeur est venu me voir tout de suite:

— Je n'ai pas le temps de te parler maintenant, je t'appellerai. Je te certifie que tu as de l'avenir en plongeon, si tu travailles un peu.

J'ai failli rire à cause de l'avenir. Xavier m'a regardée, fier de lui:

— Hein! j'étais certain d'avoir raison!

Après, ils ont eu leur séance d'entraînement. C'est beau à voir, des plongeons, même quand ils ne sont pas parfaitement réussis.

Xavier est le meilleur. Quelquefois, il restait si longtemps sous l'eau que j'avais peur... Pourtant, il remontait toujours. Il était de bonne humeur, il faisait des blagues avec son entraîneur, avec les autres, il s'amusait, il riait. Les rires rebondissaient en écho sur les murs de la piscine, s'amplifiaient, résonnaient dans ma tête.

Je trouve ça imbécile de rire, mais, en même temps, je suis jalouse. J'aimerais, moi aussi, rire de toutes sortes de choses idiotes. Je n'y peux rien, je ne vois pas grand-chose de drôle dans la vie.

Xavier n'a pas l'air d'avoir de copine dans l'équipe. Mais, habituellement, les gars ne veulent pas montrer qu'ils sont attachés, par fierté. Hugo a déjà commencé à faire ça.

Je suis partie avant la fin de leur cours. J'étais intimidée, je ne voulais pas qu'ils m'adressent la parole, je n'aurais pas su quoi leur répondre.

Ils ne me joindront jamais. Personne n'a pensé à me demander mon numéro de téléphone.

***

Je suis idiote, je n'ai pas de tête, je fais tout à l'envers. Pour rester sous l'eau, il ne faut pas que je puisse garder mon souffle, au contraire. Si j'ai de l'endurance, je vais vouloir remonter, alors que si je n'en ai pas, je coulerai plus facilement.

Arrivée à la maison, j'ai dit à mon père que j'avais très mal à la tête et je suis allée dans ma chambre.

Bien sûr, il ne se doute de rien. Bien sûr,

il ne viendra pas me rejoindre. Bien sûr, il ne voit rien, n'entend rien. Pour lui, je vais bien, je suis bonne, je fais un peu trop de bruit et j'ai les cheveux trop courts.

Comment fait-on pour se rendre à son âge sans jamais être heureux? Comment fait-on pour vieillir et ne jamais s'apercevoir de rien? Comment fait-on pour continuer à s'ennuyer, à ne pas faire de vagues, à ne rien aimer, à ne rien faire de passionnant, à tondre le gazon, à planter des arbustes et à semer des fleurs qui crèvent chaque automne? Comment fait-on?

Moi, je ne peux pas imaginer la vie sans... sans quelque chose de complètement prenant et extraordinaire, de totalement enivrant, d'absolument bouleversant, renversant, changeant, révolutionnant! Et comme ça n'existe pas...

Oh! surprise! Papa est quand même venu dans ma chambre. Je me suis roulée en boule.

— As-tu pris un comprimé contre ton mal de tête?

— Non, je n'aime pas les pilules.

— Zoé, il faut te soigner...

— JE HAIS LES PILULES!

Il est resté là, penaud, dans la porte entrebâillée.

— Tu m'inquiètes, Zoé. Je ne te reconnais plus.

J'ai eu envie de lui dire «tu ne m'as jamais connue», mais je me suis tue.

— Ce n'est pas normal d'avoir constamment des maux de tête à ton âge.

— Avoir seize ans n'empêche pas d'être malade.

— J'aimerais bien savoir ce qui se passe. Tout simplement.

— Il se passe que maman devrait se mêler de ses affaires. C'est ça qui se passe.

Il a eu un regard interrogateur.

— Comment?...

Il est entré un peu plus avant dans la chambre, je me suis dépliée.

— Elle a trouvé un texte que j'avais écrit et elle l'a envoyé à l'école et, à présent, ils vont le publier dans le journal et je ne veux pas.

Petit silence.

— Ah! Ton poème. Ce n'est pas elle, c'est moi. Il traînait sur la table du courrier avec les informations au sujet du concours. J'ai bien vu qu'il était de toi, c'était la date limite. Tu étais partie en balade, je ne me souviens pas où. Alors, j'ai pensé que tu l'avais simplement oublié et je l'ai envoyé...

— C'est toi?

— J'ai cru bien faire, je suis désolé si ça te déplaît... tout était là comme si tu l'avais préparé... Tu dis qu'ils vont le publier?

— Oui!

— Et c'est avec ce poème-là que tu as gagné le concours?

— Oui.

— Et tu n'es pas contente?

— NON!

Il s'est assis près de moi, a mis sa main sur ma tête.

— C'est pourtant une bonne nouvelle. Je l'ai aimé, moi aussi.

— Tu ne comprends rien. Laisse faire.

Je me suis dégagée et retournée contre le mur. Il a eu un grand soupir.

— Zoé, je m'inquiète à ton sujet. Tu te coupes du reste du monde. Je ne te vois plus jamais avec tes amies ni avec personne, d'ailleurs. Invite Mylène à manger, cette semaine. Il y a une éternité qu'on l'a vue.

— Hugo est trop idiot.

Ça, c'était méchant.

— Hugo te tape un peu sur les nerfs. C'est normal entre frère et soeur, à votre âge. Malgré tout, il t'aime beaucoup et il s'ennuie de toi. Avant, vous faisiez une paire de complices imbattable, tu te rappelles? Tu lui manques.

— Il va falloir qu'il s'habitue.

— Peut-être, pour un certain temps. Toi, de ton côté, il faut que tu le comprennes. Tu me promets d'essayer?

J'ai marmonné quelque chose d'indistinct qu'il a pris pour un acquiescement. Il est parti lentement en poussant un autre soupir.

Puis Mylène a téléphoné.

— Ton poème est extraordinaire, Zoé. Il est encore plus beau que je pensais.

— Tu as des préjugés, tu es mon amie.

— Non, je te le jure. Tout le monde pense comme moi et on se demande tous où tu es passée.

— Mal à la tête.

— Bon, on se verra demain?

— Ouais.

Si je pouvais, je ne retournerais plus à l'école de toute ma vie. Mais je ne pourrai pas.

***

Je suis arrivée volontairement en retard, aujourd'hui, me suis vite faufilée dans les couloirs du premier pour éviter de rencontrer qui que ce soit. Mais Mylène m'a vue, m'a rattrapée, m'a accrochée et m'a gardée.

— Zoé! Je t'ai cherchée partout! Tu te caches?

Elle parlait fort. Un tas de gars et de filles ont tourné la tête vers nous.

— C'est vrai que son poème est extraordinaire, hein? L'avez-vous lu? Oui? Wow, hein? Il faut la forcer à vous écouter. Moi, elle ne me croit pas!

Ils allaient rappliquer en rang d'oignons, l'un après l'autre, avec une lueur dans les yeux que je n'ai pas pris le temps d'identifier. Je me suis retournée vers Mylène:

— Viens souper chez nous, ce soir, OK?

C'était la seule façon de m'en débarrasser rapidement. Et je me suis sauvée. Mais je l'ai entendue papoter:

— Elle ne veut pas qu'on la complimente, elle est sauvageonne...

Le soir, Mylène est venue chez nous et le souper s'est passé autour de moi. C'est-à-dire que j'ai été le sujet de toutes leurs conversations, même si j'étais là. Mylène a raconté le don des toupies, ils ont été surpris. Madame L. a répété sur tous les tons que je suis devenue archi-secrète, qu'elle s'ennuie de moi. Papa a fait état de mon éloignement, de mes maux de tête.

Je les ai écoutés sans rien répondre. Il y avait des silences de temps à autre, comme s'ils voulaient que j'intervienne, mais j'avais juste envie qu'ils se taisent ou qu'ils changent de sujet.

Ensuite, ils ont essayé de me faire rire. C'est Hugo qui a réussi, avec une niaiserie. Il cherche l'inspiration pour écrire des lettres d'amour à des filles plus vieilles que lui, alors il a imaginé mettre mon poème en petites boulettes et l'avaler; en avaler même plusieurs exemplaires. L'idiot!

Je n'avais pas faim, je n'ai presque pas mangé. Je suis allée dans ma chambre et Mylène m'a suivie. Elle s'est assise à côté de moi.

— Tu files vraiment un mauvais coton, ma vieille. J'aimerais pouvoir t'aider. Tu es encore ma meilleure amie, tu le sais.

— Je ne crois plus à l'amour, ni à l'amitié, ni à rien.

— Ça n'a pas de bon sens.

— C'est comme ça.

— Depuis quand?

— Depuis... depuis longtemps.

— Ce gars-là t'a fait un tort abominable,

Zoé. Il avait des problèmes, tu sais. Il s'enfermait, lui aussi. Il détestait les autres. Il était vraiment en crise...

J'ai bondi.

— Tu n'as pas le droit de le juger. Tu ne l'aimais pas.

— Ce n'est pas lui que je n'aimais pas. C'est toi quand tu étais avec lui. Tu changeais radicalement, tu devenais inaccessible. Tu étais malheureuse, ça se voyait à l'oeil nu. Et cette année, tu es comme lui, à certains moments.

— Eh bien, moi, je suis très fière d'être comme lui!

— Tu es sérieuse?

Elle était abasourdie.

— Tu dis n'importe quoi parce que tu es fâchée contre moi. Avant, c'était facile de communiquer avec toi, mais maintenant... Je viens de prendre le risque de te perdre pour toujours, seulement parce que j'exprime un peu ce que je pense.

Elle semblait avoir rassemblé tout son courage pour m'avouer ça. J'ai eu de la peine pour elle.

— Écoute, j'ai peut-être changé, tout simplement. On change, dans la vie.

— Pas tant que ça, ce n'est pas possible.

Avant, tu étais toujours de bonne humeur, tu avais des idées folles, tu étais curieuse de tout...

— Cette année, j'ai trop d'études.

— Ce n'est pas ça et tu le sais.

Là, elle avait épuisé son courage. Elle s'est tue, malheureuse, la tête baissée. J'ai encore eu de la peine pour elle. Elle tient vraiment à moi.

Il y a eu un grand silence pendant lequel je lui ai passé un mouchoir. Elle m'a fait un petit sourire en guise de remerciement et, après, on a parlé d'un sujet absolument sans danger, nos cours.

Elle est partie avec une grosse caisse pleine de toupies. Sur le dessus, il y avait la bleue avec de petits losanges jaunes, rouges et verts, celle que j'ai reçue à cinq ans. Je la trouvais si belle que je ne voulais pas jouer avec, par peur de la briser.

Elle vient d'emporter une partie de ma vie.

***

Je suis retournée au pont de la voie ferrée. Il a toujours été difficile à parcourir le soir. Il n'est pas très solide. Depuis des années, il doit être reconstruit. Une barrière, facile à franchir, en défend l'accès. Des débris traînent çà et là, avec des boulons à moitié vissés. Les rails sont grugés par la rouille, soulevés, le bois est vermoulu, les poutres transversales sont désenlignées, inégales, comme dans des films d'épouvante.

Il faut être habile pour courir dessus sans s'accrocher les pieds. À certains endroits, on voit couler la rivière par les interstices entre les montants. Et les cailloux de la rive sont ronds, vieux. Plus loin, des rochers surgissent de l'eau comme des dragons noirs pour former une gorge étroite où l'eau s'engouffre, gargouille et tourbillonne avant de se précipiter dans une vertigineuse chute à angle droit.

Cette rivière me faisait déjà peur quand j'étais toute petite. La gorge, où s'agite une eau noire, pleine d'ombres et de bouillonnements, est le théâtre de mes pires cauchemars. Je rêve que l'eau est un sable mouvant qui m'aspire lentement, inexorablement, je rêve qu'un serpent au fond du bassin s'étire et vient me happer sur la rive. Je vois des arbres se resserrer sur moi. Je tombe dans un trou noir sans fond qui ne donne aucun écho à mes cris.

C'est là qu'ils ont trouvé le corps d'Ybert, le lendemain de son plongeon. Je n'ai pas voulu le voir ni qu'on m'en parle. Je ne suis allée ni au salon ni au service et jamais au cimetière.

À présent, le soir, avant de m'endormir, j'ai des souvenirs qui reviennent. C'est insupportable.

Par exemple, Ybert me demandait souvent quand on ferait l'amour. C'est-à-dire, il y a des jours où il voulait vraiment beaucoup et d'autres où il ne voulait plus du tout. Ces jours-là, il affirmait qu'on devait avoir extrêmement confiance l'un en l'autre pour «commettre l'irréparable»...

Moi, j'en avais envie, mais je préférais prendre mon temps. Et je ne suis pas du genre à demander les choses, je suis plutôt du genre à donner quand on me les demande.

Entre ses hésitations et les miennes, on ne savait plus quoi faire, on n'avait plus beaucoup de spontanéité. Jusqu'au soir où il est mort.

Ça tourne dans ma tête. J'ai un peu la nausée.

***

L'instructeur de Xavier a téléphoné – je ne sais pas où il a pris mon numéro – pour m'inviter officiellement à faire partie de l'équipe. Ce n'est pas vraiment une équipe, tous les plongeons sont individuels, bien sûr, mais il aimerait que je me joigne aux autres pour l'entraînement. J'aurais un peu de rattrapage à faire; ça ne devrait pas être long, l'été suffirait.

Je ne savais pas quoi répondre:

— Merci beaucoup, j'y penserai...

Il ne m'a pas écoutée ou il ne m'a pas entendue, parce qu'il m'a expliqué comment et quand on pourrait travailler ensemble, et il a fini la conversation en disant:

— À lundi prochain, alors.

L'été.

Je ne serai plus là, l'été prochain.

JE NE SERAI PLUS LÀ, CET ÉTÉ! ENTENDEZ-VOUS?

***

Papa veut m'emmener chez le médecin parce qu'il trouve que j'ai trop souvent mal à la tête.

— C'est seulement à cause de mes règles.

Il insiste.

— Tu n'as pas de règles une fois par semaine, que je sache.

— Je n'ai pas envie d'aller chez le médecin. Qu'est-ce qu'il peut faire?

— T'examiner. On saura si tes maux de tête proviennent de tes hormones, de ta fatigue... ou d'une autre cause. Je prends rendez-vous maintenant. On ira aussitôt qu'on pourra.

— Non, attends après les examens, d'accord?

— Avant tout, je m'informe des délais pour les rendez-vous. Je veux qu'on y aille dès que tu auras terminé ton année.

Il avait fait une longue phrase, il était fatigué, il est sorti.

***

Malgré moi, je pense souvent à Xavier. J'aimerais savoir comment il est, comment il vit, quand il rit, comment il rit, pourquoi il rit... et avec qui.

À Louis-Fréchette, après une semaine, mon poème était oublié. Je commençais à moins me cacher derrière la porte de ma case, mais il a fallu que la prof de français en fasse un sujet en classe. Il paraît qu'elle a fait la même chose dans toutes ses classes et qu'elle a demandé à tous les élèves si c'est comme ça qu'ils se sentent: désespérés, révoltés, perdus, violents contre eux-mêmes...

— De temps en temps, toujours, jamais?

Dans mon groupe, la majorité des élèves se sent comme ça de temps en temps. Moi, je me sens comme ça tout le temps. Sauf quand je plonge, le petit moment où je suis dans les airs. Mais on ne peut pas vivre dans les airs toute sa vie.

Elle explique que les onomatopées au début des strophes représentent – il faut que je m'en souvienne bien – «le choc des mondes qui s'affrontent à l'intérieur du poète. Dans notre civilisation visuelle, un son représente souvent beaucoup plus qu'un mot, lorsqu'il est mis dans un contexte où il peut prendre toute sa valeur.»

Wow! Moi, je les ai mises parce que je ne pouvais pas faire autrement. Quand l'univers est une cacophonie de sons discordants, aigus, assourdissants, quand tes rêves sont comme du sang en fusion, tu ne peux pas faire autrement que de faire *yeurk...* ou *krashputt*!

J'aime son analyse, même si ça m'intimide

de me faire appeler «poète».

J'essaie de repenser à la dernière journée d'Ybert, ça me met mal à l'aise aussi. Beaucoup plus, en fait. Je passe mon temps à être mal à l'aise. Je suis fatiguée.

Semaine 2

Je n'ai rien à dire, je ne pense à rien, j'ai un oreiller complet dans la tête avec le duvet tout tassé. Je vais à l'école, les répétitions pour la remise des prix de poésie sont annulées, il y aura une remise spéciale, paraît-il. Les examens s'en viennent, c'est la précipitation partout, et plus ça va vite, plus je vais lentement.

Hier, après une grande conversation avec papa – je le sais parce que je les entendais discuter dans leur chambre sans saisir vraiment ce qu'ils disaient –, Madame L. m'a regardée d'un drôle d'air.

— Qu'est-ce que tu veux faire plus tard, ma pouliche?

— Je ne sais pas.

— Tu n'as même pas une petite idée?

— Non.

Silence.

— Comment tu vois ton avenir, mon rat musqué?

Elle a vraiment toute une ménagerie à sa disposition.

— Je ne sais pas.

— Tu n'as même pas une petite idée?

— Non.

Je suis partie dans ma chambre. Elle m'a suivie.

— Tu te dérobes tout le temps. Tu étais franche, directe, claire comme du cristal et tu es devenue sombre et distante. Si c'est l'adolescence qui fait ça, je prie pour qu'elle finisse au plus tôt. Si c'est autre chose, j'aimerais bien le savoir.

Je restais muette. Elle avait l'air de vouloir attendre longtemps, je me préparais au pire. Et le pire est arrivé.

— Depuis la mort d'Ybert, tu as changé complètement. Je comprends ton choc, ta peine, surtout avec la façon idiote dont il est mort...

— Ce n'est pas idiot de se suicider.

— Il ne s'est pas suicidé, mais s'il l'avait

fait, ce serait idiot aussi.

— Oui, il s'est suicidé.

— Non, il est mort accidentellement...

— Non, il s'est suicidé, il me l'avait dit.

— Il te l'avait dit et tu n'as rien fait?

— Je n'avais pas compris. Je n'avais rien compris. Laisse-moi tranquille.

Je n'en pouvais plus. Je voulais qu'elle sorte, qu'elle se dissolve, qu'elle se retrouve en mille miettes devant ma porte et que passe un énorme aspirateur.

Elle a pris un long moment. Je tremblais. J'avais peur. Je ne sais pas de quoi. Peur qu'elle me touche, qu'elle s'avance, qu'elle parte, qu'elle reste, qu'elle rie, qu'elle me dispute.

Elle s'est assise et m'a juste passé la main dans le dos. Longtemps. Au début, il me venait d'énormes frissons, comme si j'allais avoir une fièvre carabinée ou vomir. Ça a duré longtemps.

— C'est ça. Respire. À fond. Tu trembles comme Maurice Richard après sa suspension de la Ligue nationale. Tu ne sais pas qui est Maurice Richard, ce n'est pas grave. C'est un héros, un vrai, et il tremblait. Et tout le monde avait peur quand il tremblait. Lui aussi. Mais ce n'est pas grave de trembler.

C'est juste la vie qui coule par saccades. La vie, qui coule par saccades, ma biche.

Et j'ai pleuré dans les bras de ma mère, comme quand j'étais bébé, avec mon corps qui faisait des hoquets, comme quand j'étais bébé.

— Pleure tout ton soûl. Ça te fera du bien. Tu es très fatiguée, très tendue. C'est la fin de l'année, ce sera terminé dans deux semaines. Il ne reste que deux petites semaines. Après, tu pourras te reposer, mon poussin.

À présent, elle est partie, me laissant dans un demi-sommeil. Je n'ai plus rien à dire, je ne pense plus à rien. J'ai deux, non, trois oreillers complets dans la tête avec le duvet tout tassé. Toutes mes issues sont bouchées, au propre et au figuré.

Et plus ça va vite, plus je vais lentement. Je marche lentement sur les rails et le pont est long, long, long, et j'essaie de m'arrêter pour sauter et j'en suis incapable. Mes pieds continuent de marcher sur ce pont d'une longueur infinie.

Je n'ai plus de courage. Je ne suis bonne à rien.

***

Je ne suis pas allée à la piscine, lundi. L'instructeur a téléphoné pour savoir ce qui me retenait, mais je ne lui ai pas parlé, et Xavier a rappliqué chez moi.

C'est comme ça que Madame L. a appris que je faisais désormais partie d'une équipe de plongeurs, et que – c'est du moins ce qu'elle pense – j'avais un nouveau copain.

— Maman, non, ce n'est pas mon copain, c'est juste une connaissance.

— Il a l'air gentil.

— C'est un gars ordinaire.

— C'est très bien, les gars ordinaires! Ça te changera un peu des gars extraordinaires et incompréhensibles.

Je n'ai pas relevé sa remarque, c'est inutile de me mettre en colère contre elle.

Elle a un peu raison: Xavier est gentil.

Madame L., en le recevant à la porte, lui a expliqué que je n'étais pas très bien aujourd'hui et l'a envoyé directement dans ma chambre. J'avais les yeux pochés et j'étais toute molle d'avoir pleuré et d'avoir dormi. Sans cauchemars pour une fois. Et en plein jour.

J'étais intimidée de le voir chez moi.

Mais lui, pas trop.

— Écoute, je m'aperçois que je t'ai un

peu forcée. C'est parce que je pense que tu es une vraie bonne plongeuse. Et on a besoin de monde dans notre équipe. C'est plus encourageant, on s'améliore plus vite parce qu'on s'aide les uns les autres. Et Gabriel est super, tu verras. Gabriel, c'est l'instructeur.

— Il est bien.

Ça crève les yeux qu'il aime beaucoup son instructeur, un ancien champion recyclé dans l'enseignement.

On a un peu échangé sur nos cours, puis sur quelques autres sujets... Il adore danser, n'importe quelle danse, les modernes et les anciennes. Il a voulu me faire une démonstration de cha-cha-cha. C'était drôle comme tout.

Madame L., avec l'air d'une marieuse, nous a servi des biscuits et du jus. Après le départ de Xavier, elle est venue dans ma chambre.

— Comment te sens-tu, ma poulette?

— OK.

— Mieux?

— Ouais.

— Je me rends compte que tu as eu énormément de peine. Je ne savais pas à quel point. Et tu as tout ramassé en dedans de toi. Et je n'ai pas été assez intelligente pour m'en apercevoir. Je te demande pardon.

Ma mère qui demande pardon. Je n'en reviens pas. Je l'ai regardée sans la reconnaître. Elle avait quelque chose dans le visage... une vraie tendresse.

— J'aimerais bien prendre un peu de ton chagrin sur moi, mais je ne peux pas, malheureusement.

Et elle est sortie sans rien ajouter.

Décidément, il se passe des choses inusitées.

Je ne sais plus quoi faire.

Ybert, dis-le-moi!

***

Strouc yache ouark éclair cassé
La nuit explose en éclats tranchants
Qui déchirent l'air
Coupent l'atmosphère

Warf yeah pttrrrrt obus amorcé
L'est s'abrutit dans une piscine d'acide
Un volcan déchaîné
Une bombe éclatée

Boooom boooom oufff cadavre ambulant
Le temps expire en avalant

Les peaux fragiles
Les amours faciles

Schtop crrouphts schtacks proukts
Mes mains crachent le sang
L'horreur rouge s'étend
Sur mon manteau blanc

Boooom boooom boooom boue et ciment
Les cimetières crient rouge sang
J'y ai traîné
Mon manteau blanc

RRRRouaf yeurk djeeemt crânes
blanchis
Je joue au ballon avec des têtes
Tout en pleurant
Tout en dansant

C'est ça, mon poème. Au long. Je devrais écrire des films d'horreur.

***

Je fais mes examens. C'est plus facile que de ne rien faire. J'étudie, je réponds aux questions, je ne pense à rien d'autre, c'est parfait.

Je n'en peux plus de voir le pont, l'eau, le plongeon et Ybert.

Madame L. s'est mise à être gentille. Elle ne me fait pas de reproches. Elle me donne des vitamines. Elle me demande tous les jours de quoi j'ai besoin. Et papa fait la même chose. Ils sont prévenants à en être gênants. Je n'ai pas une minute à moi, pas un instant sans leur sollicitude. Ils ont décidé de vraiment s'occuper de moi. Hugo n'y comprend rien.

— Qu'est-ce que tu leur as fait?

— À qui?

— Es-tu malade?

— Pourquoi?

— Ils ne se disputent plus, ils ne me disputent plus.

— C'est un changement agréable, non?

— Ouais, je peux sortir quand je veux. Gages-tu que je joue au Nintendo pendant toute la soirée et qu'ils ne diront rien?

Mon frère est idiot.

Mais pas si idiot que ça. Effectivement, il a joué toute la soirée et les parents le regardaient avec indulgence en pensant à autre chose. Cependant, à moi, ils ont demandé trois fois si je me sentais bien...

— Pas pire.

... et si mes examens allaient bien.

— Pas trop pire.
Décidément.

***

Je suis fatiguée, j'ai hâte que tout soit fini, les examens et le reste.

L'année dernière, Ybert a passé ses examens aussi. Il n'en pouvait plus d'être un sac qu'on remplit de connaissances, un estomac qu'on gave, un ballon sur lequel les profs s'exercent les poings. Fais ci, fais ça, apprends ci, apprends ça, sans arrêt, sans arrêt. Il protestait:

— Je suis long et maigre, je ne peux pas absorber tout ça!

Comme si ce qu'on lui enseignait était une nourriture et qu'il n'avait plus faim depuis longtemps.

Moi aussi, je me sens gavée, gonflée, stupide.

Quelquefois, je pense à mes toupies et à la joie que j'avais à les faire tourner. Je me souviens particulièrement de l'une d'elles. Elle avait fait le tour du salon. On était émerveillés, papa et moi.

Une fois. Une seule fois de sa vie, cette

toupie aura fait le tour complet d'un salon, en passant sous l'arbre de Noël, devant les sofas, autour du tapis. Si les miracles existent, c'en était un. C'était magique. Papa n'a jamais pu répéter son exploit, et moi, je n'ai jamais essayé.

Papa, c'est le type à un seul miracle, et moi, je suis la fille à pas de miracles du tout.

***

Mylène est arrivée sans s'annoncer avec plein de sacs verts.

— Tu me donnes tes toupies, je te donne mes oursons. Les voilà!

— Hein?

— C'est simple. Regarde!

Elle a retourné les sacs et ils en sont sortis comme s'ils s'échappaient d'un cinéma enfumé. Des bleus, des roses, une girafe, trois lions, un chat, mais surtout des ours, des ours de toutes les couleurs, un peu usés, beaucoup usés ou passionnément usés.

— Je n'en veux pas.

— Es-tu mon amie, oui ou non?

— Oui, mais...

— Il n'y a pas de mais. Tu les prends.

C'est un échange. On échange nos enfances.

— Je n'ai pas de place pour tout ça.

— Fais ce que tu veux avec. Jette-les, même, si tu en as envie. Je n'essaierai jamais de savoir ce que tu en as fait.

Nous nous sommes assises au milieu de sa ménagerie – de ma ménagerie – et elle m'a parlé de François-son-amour. C'est le gars le plus gentil de la classe. Il a l'oeil sur elle depuis qu'il a trois ans. Elle s'est enfin décidée à sortir avec lui après en avoir essayé un ou deux autres. Parce qu'elle était habituée à l'avoir dans son paysage, elle ne le voyait plus vraiment. Et là, elle vient de le redécouvrir. Elle est intarissable.

— Il est drôle, il est intelligent, il a beaucoup d'idées. Il n'est pas riche, mais il s'habille de façon originale. Il est responsable, engagé aussi, il aide des décrocheurs...

— Il n'a pas un seul défaut, dis donc?

— Sûrement un ou deux...

— Lesquels?

— Je ne sais pas trop...

— Cherche un peu, par souci d'objectivité...

— Je pense qu'il est vaniteux. Juste un petit peu.

— Bon. Il me semblait aussi.

On a jasé en vieilles copines, comme avant.

Mylène avait l'air tellement bien que je l'enviais.

Et je me disais: ça finira, un jour, et elle aura de la peine. C'est toujours le même refrain. Tout ce qui commence finit, les amours surtout. Ça vous laisse un goût amer dans la bouche et l'envie de vous jeter dans un précipice en hurlant.

— Est-ce qu'au début, avec Ybert, j'étais heureuse?

— Non. C'est-à-dire, tu étais contente qu'il soit avec toi, mais il était malheureux et ça te chagrinait beaucoup. Tu cherchais par tous les moyens à le faire rire. Tu réussissais quelquefois, pas souvent...

— Tu es certaine?

— Oui. Tu me l'as dit toi-même, la dernière fois où on a piqué une vraie jasette, toutes les deux. Je m'en souviens, tu peux me croire.

Elle était très affirmative, je l'ai crue.

— Question pour toi, Zoé.

— Vas-y!

C'était un de nos jeux préférés. Se poser des questions sur tout et sur rien. Des questions auxquelles on ne trouvait pas de réponses ou alors des réponses idiotes.

— Est-ce qu'on est en amour pour être malheureux?

— Tu n'es pas drôle.

— Autre question pour toi, Zoé.

— Vas-y!

— Est-ce qu'on est amies seulement pour rire?

Je n'ai rien répondu, c'était trop sérieux.

— Question pour toi, Mylène.

— Vas-y!

— Est-ce qu'on est en amour pour être heureux?

— Oui.

— La vraie réponse, c'est non. Encore une question pour toi, Mylène...

— Vas-y!

— Est-ce que, quand on ne rit pas, on peut continuer à être amies?

— Oui.

Il y a eu un petit silence. On savait ce qu'il y avait à savoir. On a changé, elle et moi. On s'est regardées. Puis on s'est souri.

— Dernière question pour toi, Mylène...

— OK!

— Est-ce que ton François s'est pris les pieds dans une toupie?

— OUI. Et, heureusement pour lui, malheureusement pour moi, il est tombé sur mon lit! Je lui ai dit de tomber à mes pieds, la prochaine fois.

— Il a promis?

— Il a promis d'essayer!

— Penses-tu que ça va marcher?

— Je l'espère. J'aimerais ça avoir un gars à mes pieds!

***

Les fourmis courent, encore et toujours.

Je commence à avoir de l'admiration pour elles.

Tant d'entêtement, de savoir-faire, de rapidité, d'aveuglement.

Je crois que les fourmis sont les êtres les plus préhistoriques que je connaisse. Il me semble qu'elles ont toujours été là, à construire leurs nids qui se font détruire tout le temps.

Que reste-t-il d'un nid de fourmis qu'une patte de tyrannosaurus rex a écrasé? Rien. Mais comme les fourmis sont minuscules, elles se dégagent des décombres et recommencent.

Madame L. a trouvé sympathique que je regarde des fourmis, aujourd'hui. Elle a décidé de m'encourager, c'est sûr. Elle a décidé que tout ce que je fais est beau, bon et bien. Si ça peut durer encore quelques jours...

La semaine prochaine est la dernière. Ma dernière.

Il y a la fin des examens, et puis la dernière journée, et puis la dernière soirée, avec la fête des élèves, et puis la dernière nuit... que je ne verrai pas complètement.

Il fait beau aujourd'hui. Je ne remarque presque jamais le temps, mais il fait vraiment beau aujourd'hui. Les violettes commencent à sortir et Madame L. a dit à papa qu'il devrait tondre le gazon. Comme papa aime les violettes, je crois qu'il attendra qu'elles soient fanées. Mais s'il attend trop, on les perdra dans l'ombre du gazon.

Les fourmis préfèrent-elles se promener dans un pré rempli de violettes au soleil ou dans un pré de violettes à l'ombre?

Depuis la mort d'Ybert, je rêve souvent que je cours dans un champ entièrement fleuri, que je cueille une fleur et que son parfum m'enivre et que je suis heureuse, le coeur soulevé par... je ne sais pas quoi. Par le bonheur de respirer cette fleur. C'est idiot. Et ça n'arrive pas dans la réalité.

Sauf quand je plonge.

Dernière semaine

Je ne me trouve pas belle. J'ai des taches de rousseur, plein d'épis dans les cheveux, les yeux écartés. J'ai cherché comment me maquiller quand j'étais plus jeune. Je n'ai rien trouvé qui m'aille, alors j'ai laissé faire. Et, tant qu'à être laide, j'ai coupé mes cheveux. Ils retroussent de partout à cause des épis.

Ybert trouvait ou bien que j'avais l'air d'un clown, ou que j'avais l'air banale.

— Être banale, dans notre société, c'est un avantage. On a la paix, rien de sensationnel ni d'extraordinaire ne nous arrive.

Il avait tort. Même si je suis banale, je n'ai pas pu éviter d'avoir très mal. Et il n'a jamais dit quelle vie ont les clowns. Mais je le sais. Ils font rire les gens tout en étant malheureux en dedans. Ils ont toujours une larme qui coule sur le visage, une larme invisible à cause du maquillage.

Aujourd'hui, le directeur de l'école a décidé de remettre les prix de poésie dans la cafétéria. Pour faire changement.

Tous les étudiants étaient là. Ils m'ont fait monter sur une table, ont écouté religieusement un comédien connu lire mon poème – c'était superbe – et puis ils ont applaudi, ont crié: «C'est toi la meil-leu-re!»

Ils se sont mis à danser, à me porter en triomphe d'un groupe à l'autre, à me servir de tremplin, au bout de leurs bras... J'ai volé au-dessus de la foule, jusqu'à un panier de basket-ball dans lequel ils m'ont assise, et j'ai fait tourner un ballon sur mon index...

Je délire.

En réalité, il ne s'est presque rien passé. Je me suis retrouvée à faire le pied de grue en avant, pendant que le directeur expliquait que, à notre école, on organise des concours de poésie parce que Louis Fréchette est un grand écrivain de chez nous. Je souriais, mais j'étais comme un clown, avec le rictus peint et la larme en dessous. Et je voulais m'envoler, ça, c'est vrai.

Après avoir dit merci, ma médaille en main, j'ai été obligée de descendre les marches l'une après l'autre, avec mes genoux qui tremblaient et mes chevilles qui craquaient, avec la peur de débouler et l'envie d'aller me fondre derrière une table le plus rapidement possible.

Comment vont-ils réagir la semaine prochaine, quand je ne serai plus là? Certains m'ont demandé si j'avais écrit autre chose, si j'allais continuer, si je voulais devenir écrivaine. Je répondais non, non, non, non. J'avais le goût de hurler:

— La vie s'arrête! Demain ne sera pas mieux qu'aujourd'hui!

Les quatre du journal sont venus à la table où je m'étais réfugiée. Ils m'ont arraché une promesse de collaboration. D'ailleurs, ils ne seront plus que deux l'année prochaine: Madelon et Étienne s'en vont au cégep.

— En septembre, d'accord.

Ils étaient contents. Je me sens mal à l'aise d'avoir promis, alors que je ne serai plus là.

En sortant, j'ai fait répéter à la prof de français son analyse des onomatopées dans mon poème. Elle en a rajouté. A expliqué que c'est ce qui rend mon poème original et actuel. Que pour les gens de ma génération, qui utilisent peu de vocabulaire, les sons sont évocateurs. Je capte leur attention par les sons, puis j'utilise les mots pour imposer des images. Cette évocation est très forte et transmet au lecteur mon émotion – elle appelle ça «l'état d'âme du poète» – beaucoup mieux que si je l'avais expliquée.

Je lui ai dédié mon poème, elle était émue. Je crois qu'elle m'aime bien.

***

Xavier a trouvé, je ne sais pas comment, le moyen de se faire inviter – par moi! – à notre soirée de fin d'année. C'est parce que je venais de plonger, que ça me rend légère et que j'oublie toutes mes résolutions. En sortant de l'eau, je flotte – façon de parler, bien sûr.

Il m'a aussi invitée à sa soirée qui aura lieu quelques jours plus tard. Mais j'étais revenue sur terre:

— Pour ta soirée, je ne sais pas, on verra...

— On verra après la tienne, d'accord.

Je ne pense plus à rien. Je sais que je vais sauter, je ne me prépare plus, je le ferai. Je ne reviens pas là-dessus. Après la soirée, quand la musique sera terminée, quand la soirée sera morte, quand Xavier sera rentré chez lui, quand la nuit sera noire, épaisse et profonde, je sauterai. Juste un petit saut, ce n'est rien du tout.

Madame L., à force de questions, a su que Xavier m'accompagnait. Elle ne contenait plus sa joie.

— Enfin, tu recommences à vivre, mon poussin. Enfin, je te sens redevenir un peu plus toi-même. Enfin, tu sors de tes brumes.

— Maman, arrête!

Papa m'a regardée avec un air approbateur. Hugo a raconté que Xavier est le champion toutes catégories en plongeon, que tout le monde le voit déjà dans des compétitions internationales, avec plein de médailles d'or autour du cou. Ça m'a fait sourire. S'il est considéré comme ça, moi, avec un peu de travail, je pourrais lui faire concurrence.

À Louis-Fréchette, l'atmosphère est fébrile. Tout le monde, entre les examens, travaille à la décoration du gymnase où aura lieu la soirée de danse. Ils ont décidé, cette année, de faire une soirée spéciale, avec un orchestre genre *big band* et des danses sociales.

Et les filles se mettront en robe, et les gars en veston – ceux qui n'en ont pas mettront des pulls avec des cravates. Une vraie soirée comme celles de nos parents.

Il faudra que je trouve une robe dans mon placard. Ou que j'aille m'en acheter une. Cette robe-là est importante, c'est ma dernière.

Je ne sais pas comment ce sera de danser collée avec Xavier.

Est-ce que je dois faire un testament? Mais non, je ne possède à peu près rien. Mes toupies sont données, je n'ai rien d'autre... Il me semble que je vois Madame L. ouvrir ma garde-robe et se questionner sur ce qu'elle fera de tout ça. Mais pourquoi est-ce que je ne l'imagine jamais pleurer? Et mon père, pourquoi est-ce que je ne l'imagine jamais exprimer une émotion? Et moi, pourquoi est-ce que je ne m'imagine jamais en train de rire?

Si c'était possible, je dis bien si c'était possible que je revienne sur ma décision, je voudrais bien résoudre ça. Si ça se résout.

J'ai fini mes examens. Je me sens essoufflée, j'ai juste envie de me coucher et de dormir pendant trois ans ou de courir à perdre haleine dehors durant trois jours. Mais je ne peux rien faire de tout ça, alors je traîne sur le gazon et dans ma chambre.

Madame L. m'appelle sa jolie âme en peine et m'offre d'aller m'acheter une robe, si j'en ai envie.

— Pas noire!

— Pourquoi pas noire?

— Parce que c'est l'été et que l'été, c'est le temps des couleurs et de la vie!

Elle me donne des sous et je vais dans les magasins. J'achète une robe rouge – c'est la première fois de ma vie que j'achète du rouge – avec une jupe ondulante. Xavier ne pourra pas me perdre dans la foule, je serai facile à repérer. À la maison, Madame L. est ravie.

— C'est la première fois que je te vois en rouge depuis très, très longtemps. Quand tu étais petite, je t'en achetais beaucoup.

Ce doit être pour ça que j'aime le rouge, au fond de moi. Pourquoi est-ce que je ne m'imagine plus jamais en rouge?

Et pourquoi est-ce que je l'appelle Madame L.? Parce qu'un jour, j'ai trouvé qu'ELLE était toujours sur mon dos. ELLE voulait que je fasse tout à la perfection, à sa façon, ELLE me reprochait le moindre geste personnel, ELLE était incapable de me ficher la paix, ELLE ne me comprenait pas, ne me supportait pas, ne m'aimait pas. Voilà pourquoi.

Je ne sais pas ce qui est arrivé. Depuis la semaine dernière, elle me regarde avec un air différent, comme si j'étais une autre personne. Il y a quelque chose de nouveau dans ses yeux. Ça me fait tout drôle. Ça m'oblige à me voir. Par exemple, j'essaie ma robe.

— Que tu es jolie, mon coeur!

Et c'est presque vrai. J'ai une allure longue et légèrement dansante, mes jambes sont droites, mes chevilles sont petites, mes bras sont... corrects.

Soudain, tout change. Je ne sais pas ce qui m'a pris d'acheter une robe rouge, je suis sûre que demain je ne voudrai plus la porter, j'ai l'air ridicule. Et j'enlève ma robe et la pousse au fond de ma penderie.

Je regarde les fourmis encore.

De quoi auraient-elles l'air avec une robe rouge ondulante, qui serait difficile à coudre étant donné leur taille? Ça les gênerait pour transporter leurs boulettes et leurs grains de sable, ça les alourdirait dans leurs canaux souterrains, surtout les jours de pluie. Elles seraient mieux avec des robes ajustées.

Le jour J arrive. Est-ce demain ou après-demain? Je perds la notion du temps. C'est demain. Il faudra que je fasse le ménage de ma chambre.

Je rêve à du rouge, puis je tombe dans un gouffre.

***

J'ai surpris papa. Il me préparait un cadeau. Il avait rassemblé toutes les photos qu'il a prises de moi depuis mon enfance. Il les découpait, les collait sur un grand carton, constituait un casse-tête qu'on pourrait intituler «Tout Zoé».

Il aime prendre des photos. Beaucoup de photos. La plupart du temps, elles sont mal cadrées, mais il le fait exprès, il préfère les photos comiques. C'est une de ses manies de photographier les «bons moments», les anniversaires, les Noëls, les pique-niques, les séjours à la mer, à la montagne, au lac, au dépanneur, sous une échelle, sous un parasol, sous l'eau... n'importe quoi, n'importe où, en fait.

— Ici, c'est la fête donnée pour ton troisième anniversaire. Tu es tombée dans ton gâteau au chocolat. C'était drôle à mourir!

Très drôle, en effet.

Je l'ai regardé faire un petit moment. Il était fier de lui. Il a commencé à me nommer les gens, les circonstances... Je l'ai arrêté.

— Je m'en fiche, papa.

— Mais le cadre, tout le tableau, tu vas l'aimer, non?

— Fais-le pour toi, pas pour moi.

— Je suis sûr que tu l'aimeras. Si ce n'est pas maintenant, ce sera plus tard.

— Ça te fera des souvenirs. Personnellement, je n'en ai pas besoin.

Il a quand même placé le cadre sur le mur de ma chambre. À présent, j'ai mon histoire suspendue comme une épée au-dessus de la tête. Pas étonnant que je fasse des cauchemars. Surtout que le bébé sur les photos est rose, rebondi, qu'il a des fossettes et qu'il sourit tout le temps.

J'ai trouvé une photo où je suis avec Ybert et je l'ai collée en plein centre du tableau, par-dessus la vitre.

***

Xavier vient me chercher à la maison, ce qui donne l'occasion à ma mère de le revoir et de lui sourire large comme ça. Ce soir, elle sort aussi, avec papa, je pense. Ils ont une soirée à la Ville, un truc avec tous les employés pour le départ de quelqu'un d'important. Ça durera longtemps. Exactement ce qu'il me faut.

Je marche pour la dernière fois vers l'école. Mais je n'ai pas vraiment le temps d'y penser, parce que Xavier me raconte des histoires.

— On verra des étoiles, ce soir, plein d'étoiles. Est-ce que tu les connais?

— À part la Grande Ourse, la Petite Ourse et l'étoile Polaire, non...

— On sortira au milieu de la soirée, si ça te tente. Moi, j'en connais beaucoup, je te les montrerai. Je me sens tellement tout petit devant le ciel, pas toi?

— Ouais...

— Des fois, j'ai envie de sauter là-haut pour voir ce qui se passe...

— Faudrait un tremplin de la hauteur d'un gratte-ciel...

— Exactement. On devrait le construire. Pendant l'été.

— On n'aura jamais assez de temps. Tu te rends compte, un tremplin qui nous aide à sauter jusqu'aux étoiles?

— On prendra l'année prochaine aussi. Et l'année d'après...

Il est drôle, Xavier. Il rêve.

On danse. Il danse bien. Il fait des folies en dansant. Tourne, saute, s'amuse. Je crois que je lui plais. Il m'a enseigné le cha-cha-cha. C'est drôle. Et je l'ai entraîné dans une valse que j'ai apprise de papa. On a bien ri en se marchant sur les pieds.

Avec ma robe, on aurait dit que j'étais une dame du temps jadis et que je me mariais le lendemain. Ça devait être comme ça quand on se mariait, avant. Pour toute la vie. À présent, les mariages sont plus courts. Moi, si je me mariais, je voudrais que ce soit pour toute la vie.

Cette année, il n'y a pas de chanteur. L'an dernier, Ybert a animé la soirée avec ses musiciens. Ça n'allait pas très bien, il n'avait pas le coeur à chanter et il a fini avec sa toute dernière composition, qu'il a ratée complètement. Il ne se souvenait plus des derniers couplets.

Je l'avais prévenu que c'était dangereux d'interpréter une chanson qu'il venait juste de composer. Il ne m'a pas écoutée. Ce n'était pas la première fois qu'il le faisait, il se sentait sûr de lui. Les copains n'ont pas trouvé ça très grave. Lui, il était catastrophé, totalement catastrophé. Tellement qu'il a quitté la scène avant la fin du spectacle, avant les applaudissements.

Pas de chanson nouvelle, cette année. Je suis plus tranquille, je n'ai pas besoin de me faire de souci pour le chanteur...

Je suis la seule à porter une robe rouge. Xavier m'a trouvée jolie. Je lui plais. Je ne sais pas combien de temps ça durerait, mais c'est agréable.

En plein milieu de la soirée, on va dehors, sous la lune, et il me montre les constellations. Orion. Le Sagittaire. Le Cygne. Il est heureux. Moi, je ne les vois pas. J'ai toujours voulu savoir le nom des étoiles et, à présent, je n'en éprouve aucun plaisir. Il est trop tard pour apprendre quoi que ce soit.

— Tu es triste?

Surprise qu'il s'en aperçoive, j'ai vite trouvé un mensonge.

— Je n'arriverai pas à toutes les apprendre ce soir.

— On continuera une autre fois. Hé! Il y en a des millions, on en a pour la vie!

Lui, il en a pour la vie. Pas moi.

On rentre. C'est la fin de la soirée. Xavier et moi, on se rapproche. Pendant qu'on danse un peu collés, je pense à lui. Il n'est pas très compliqué. On s'entend bien. J'aimerais continuer à le voir, malheureusement c'est impossible. D'autant plus qu'il ne le désire probablement pas. Les gars sont comme ça. Ils sortent avec plusieurs filles avant de choisir. Je ne suis sûrement pas celle qu'il choisirait.

C'est la fin. On sort. Il me prend par la main.

— La semaine prochaine, qu'est-ce que tu fais?

— Euh... je ne sais pas.

— On pourrait commencer à construire notre tremplin. Et tu pourrais venir à ma soirée, celle de la fin de mes cours.

— Tu me l'as déjà demandé.

— Et alors?

— On verra...

Il m'étonne, il insiste.

— Tu n'étais pas bien, ce soir?

— Oui, oui...

Je ne sais plus comment changer de sujet. De toute façon, on est en direction de chez moi et il faut que je rebrousse chemin.

— Continue sans moi, Xavier. J'ai envie de marcher un peu toute seule.

— Je vais aller te reconduire chez toi...

— Non. Je préfère pas.

— Je ne comprends pas...

— J'ai besoin de réfléchir.

— Tu as quelque chose qui ne va pas. Est-ce que c'est moi qui...

— Non, je te le jure. C'est moi, et seulement moi. Je... Je suis mêlée, c'est tout.

Il faut qu'il parte, mais il ne doit pas penser que je le déteste. Heureusement qu'on ne se connaît pas depuis longtemps parce que, demain, il souffrirait autant que moi l'an dernier. Il ne m'aime pas, il m'oubliera vite.

— J'ai passé une très belle soirée. Très belle.

Je fais un effort pour lui sourire même si mon coeur tombe au fond de moi comme une pierre.

— Moi aussi. On se reverra, hein?

Je ne réponds pas, on s'embrasse, et c'est doux, doux, doux. Puis il me tire un peu les cheveux. On rit, bien que j'aie toujours envie de pleurer. Il est beau, Xavier. Il s'éloigne, puis se retourne.

— Je te laisse Orion pour te protéger.

Il est parti, il marche là-bas, et je peux enfin me mettre à pleurer. Je me retourne et je marche en direction du pont de la voie ferrée, là où coule la rivière.

***

Pendant que je marche, je me rappelle tout. J'ai la tête dans un étau, je ne peux plus éviter les images qui déferlent. C'était la dernière journée. Toujours cette dernière journée. Ybert et moi, on s'est rencontrés le midi, il voulait répéter la nouvelle chanson, la fameuse chanson qu'il a ratée. On a corrigé quelques couplets, j'espérais qu'il s'en souvienne le soir.

On s'était étendus sur son lit. Ensuite, on a commencé à s'embrasser. Il a voulu faire l'amour.

— Il faut que ce soit aujourd'hui!

— Pourquoi aujourd'hui?

— Parce qu'il le faut. Une sorte de célébration, tu comprends. Aujourd'hui, je finis mon secondaire, je donne mon dernier spectacle...

— Tu peux devenir chanteur, si tu le veux vraiment.

— Je ne sais pas encore ce que je ferai l'an prochain. C'est une période de ma vie qui se termine, un jour charnière. Je ne sais pas non plus ce qui arrivera de nous deux...

— Je resterai avec toi!

— C'est un jour comme je n'en vivrai plus, et je voudrais commettre l'irréparable avec toi. Après, plus rien ne sera pareil.

— Je préférerais attendre ce soir.

— Ce soir, c'est impossible.

— Pourquoi?

— Parce que je chante, la soirée finira tard... Mes parents seront chez moi, les tiens seront chez toi, on ne pourra pas être seuls...

— C'est vrai...

On a fait un essai, totalement raté. Raté, raté, raté. Ybert est devenu nerveux, moi, j'avais de la peine. C'était la première fois pour lui aussi. On savait comment faire, mais ce n'est pas si simple. Il avait une érection, puis ça partait. Puis ça revenait, puis ça repartait. Je ne sais pas si c'est censé être comme ça. Lui pensait que non, qu'il était anormal.

Moi, je ne trouvais pas ça grave. Lui, il était désespéré. On ne savait plus quoi faire. Je lui ai suggéré d'attendre encore, de recommencer un autre jour. Il ne voulait pas. On s'est fatigués. Il a pleuré silencieusement. On s'est retrouvés allongés, on ne se touchait même plus. Il était sombre comme un nuage d'orage.

— Voilà. Tout est changé, maintenant.

— Pourquoi?

— Tu ne comprends pas? La vie ne sera plus jamais pareille. Elle vient de changer, on vient de changer complètement. En une heure. En une heure ratée, on vient de dessiner tout notre avenir. C'est irréparable!

— Mais non, voyons, c'est la première fois, on recommencera!

Il ne voulait pas me croire.

On était entrés dans le monde des adultes et c'était désagréable. J'aurais voulu retourner en arrière, n'importe quand, même seulement la veille. C'était impossible et mes rêves gisaient tout autour du lit, racornis, diminués, déchiquetés, en petits tas de cendres.

Ybert devenait gris et s'enfonçait dans le lit. Je ne savais pas quoi faire; si j'avais su, il ne serait pas mort.

Il est parti répéter avec ses musiciens et je ne l'ai plus revu. Jamais.

Avant la soirée, je l'ai cherché et ne l'ai pas trouvé. Durant le spectacle, il était sur scène, je ne pouvais pas aller le rejoindre. Après sa chanson ratée, je savais qu'il serait dans un état terrible. J'ai couru dehors, je suis revenue à l'intérieur, j'ai fait l'aller-retour plusieurs fois. J'ai interrogé tous ses copains, personne ne l'avait vu depuis qu'il avait quitté abruptement la scène. Il avait littéralement disparu.

J'aurais dû savoir où il allait, j'aurais dû y penser.

***

Il est probablement venu tout de suite ici.

Ici, sur ce viaduc où j'avance, avec le vrombissement de l'eau sous moi. Ici où je m'empêtre dans les poutres inégales, où j'ai peur de piquer du nez sur les rails, tellement il fait noir malgré les étoiles et tellement je titube de chagrin.

C'est pour être aussi malheureux qu'on devient adulte? Est-ce que ça en vaut la peine? Qu'est-ce que je fais ici? Je veux mourir. Pourquoi je veux mourir? Je ne sais pas, je ne sais plus.

Parce que le malheur est irréparable. Pour suivre Ybert. Parce que j'ai été incapable d'aider Ybert. Mais il y a Xavier. S'il y a plusieurs Ybert dans le monde, il y a aussi des Xavier.

Et moi, qu'est-ce que je fais entre les deux? Moi qui n'ai pas su aimer Ybert, comment saurais-je aimer un Xavier? Est-ce que les Xavier continuent à être heureux après avoir raté l'amour, après avoir commis l'irréparable?

Je suis à quatre pattes, je vois l'eau noire s'engouffrer sous le pont par les interstices entre les poutres et j'ai peur. J'ai peur de tomber. Je me sens aspirée, je résiste, je ne peux plus bouger, j'essaie de ramper vers la sortie du tunnel, mais je reste clouée sur place. Je me sens aspirée. J'AI PEUR!

Je ne veux plus mourir. Je ne veux pas mourir, mais je ne sais pas comment je pourrai vivre. Les étoiles se fichent de moi, la lune se fiche de moi, la rivière veut m'avoir et j'ai encore plus peur. Je ne sais pas comment je sortirai d'ici, si j'en sors. Peut-être qu'Ybert est mort de cette façon. Peut-être que je mourrai comme lui, oubliée par les étoiles et aspirée par le noir.

Je regrette d'être venue ici. Je regrette d'avoir eu cette idée-là! Je regrette tout! Est-ce qu'il est trop tard?

J'essaie de m'en aller, j'avance pouce par pouce. Mon sac reste accroché entre deux rails, j'essaie de le tirer de là, je force, il vient. J'ai tiré trop fort, je tombe sur le côté près du bord. Je perds mon sac qui m'échappe et tombe, descend, s'engouffre dans l'eau noire. Je ne le vois plus, je ne veux plus regarder. J'ai trop peur de tomber, moi aussi, de suivre ce chemin-là qui mène au noir.

J'entends mon nom. Crié, hurlé, plusieurs fois.

— ZOÉÉÉÉ! ZOÉÉÉÉÉÉ!!!

L'appel se rapproche. Comme une chanson surgie de nulle part, un cri venant du ciel, un appel des étoiles. J'avais oublié le reste du monde, j'avais oublié mon nom, j'avais oublié où je suis, j'avais oublié. Mais cet appel se rapproche. Fait une percée jusqu'à moi. Me fait trembler de tout mon corps.

— ZOÉÉÉÉÉ!

C'est papa. Je reconnais sa voix. Puis sa silhouette, puis son visage. Il est pâle, il n'a pas sa tenue de soirée. Il surgit dans le sentier.

Je ne bouge pas. Il voit ma robe rouge dans la nuit. Il s'approche de moi. Il n'est plus capable de courir, tellement il est à bout de souffle. Pourtant, il continue quand même. Il arrive, il est là, près de moi, il reste là, debout, un instant.

— Zoé...

— Papa!

Je lève le visage vers lui, je suis mouillée de larmes, je hoquette, je sanglote.

Il s'agenouille à mes côtés.

Il est totalement à bout de souffle.

Il me prend dans ses bras.

Et il pleure, lui aussi.

— Je suis là, ma Zoé.

On reste là longtemps. Il pleure encore plus que moi. Et de le voir pleurer me donne une idée de son amour pour moi.

Et j'ai l'impression que les étoiles ne se fichent plus de moi.

— Mais qu'est-ce que tu fais ici à cette heure?

— Tu le sais! Tu le sais ce que je fais!

— Tu voulais sauter?

— Je n'ai pas eu le courage.

— Tant mieux.

Il a l'air soulagé. Il répète:

— Tant mieux, tant mieux, tant mieux...

Il se mouche un peu, sans cesser de me tenir dans ses bras. Je ne sais pas comment il fait, d'ailleurs.

— Il faut plus de courage pour vivre que pour mourir, Zoé. Plus de courage. Tu es pleine de courage.

À présent, c'est moi qui me mouche un peu. Et qui lui pose la question la plus importante de toute ma vie.

— Est-ce qu'on peut être heureux quand on a raté l'amour?

Il ne comprend pas. C'est vrai qu'il ne sait pas toute l'histoire. Je la lui raconte. Du début jusqu'à la fin. Il m'écoute. Quand j'ai de la difficulté, il me pose des questions. En fin de compte, il me répond.

Lui aussi, lorsqu'il a fait l'amour la première fois, ça a été raté. Complètement.

— C'est très souvent raté parce qu'on ne sait pas comment faire. Il faut un peu de pratique. Ce n'est pas comme jouer au basket ou faire du ski... mais un peu. C'est plutôt un processus de naissance. Imagine une plante. Au début, elle est toute petite, fragile, maigrichonne, maladroite, puis elle grandit.

Il avance la main. Il a soudain une petite plante entre les doigts.

— Au début, on tâtonne et on se fait un peu mal parce que ces rapports-là entre les êtres sont les plus intimes et les plus intimidants qui existent. Alors on est maladroits, mal à l'aise. Parce qu'on ne se connaît pas. Avec un peu de temps, on devient à l'aise. Et on apprend à se connaître. Et ça devient plus facile et plus agréable.

Mon père s'appelle Louis. Quand il se met à parler, il parle bien, Louis.

Première semaine

Papa, en accord avec maman, n'était pas allé à la fameuse soirée. Les deux étaient très inquiets à mon sujet, alors ils ont décidé de garder l'oeil ouvert. Lorsque papa s'est rendu compte que je ne rentrais pas, il s'est précipité vers le pont, là où Ybert est mort, pendant que maman, jointe de toute urgence, attendait à la maison au cas où...

— On se ressemble tous les deux. On ne réagit pas tout de suite, on attend longtemps, longtemps. On emmagasine le chagrin avant de le laisser se déverser.

— Ça se peut bien.

— Ce soir-là, je suis allé dans ta chambre,

et j'ai vu la photo d'Ybert et de toi en plein milieu du cadre. Ça m'a frappé.

— Pourquoi?

— Cette photo, placée où elle l'était, avait pour effet d'annuler toute ton enfance. Toute ta vie, en fait.

— Voyons donc!

— En tout cas, ça a été mon interprétation.

Pas bête.

— Tu sais, l'autopsie a révélé qu'Ybert s'était frappé durement la tête avant de se noyer. Il s'était assommé. Il s'est peut-être suicidé, peut-être aussi qu'il est tombé accidentellement. On ne le saura jamais.

— Moi, je pense qu'il s'est suicidé.

— Il faut que tu admettes que ça puisse être un accident, Zoé.

— On ne le saura jamais de façon certaine?

— Non. Sa vie est un livre qu'on doit refermer. Ce chapitre-là ne sera jamais écrit.

C'est vrai que la mère d'Ybert a voulu me voir, mais que je n'y suis pas allée. C'est vrai qu'ils ont parlé de ça à la maison, mais je n'ai rien entendu. Je ne voulais rien entendre. Papa pense que je me sentais probablement trop coupable.

— Pourtant, ça s'en va un jour, tu sais. Doucement. Et on recommence à vivre. C'est pour cette raison que j'aime mon métier. Tous les hivers, les fleurs disparaissent sous la neige et, tous les printemps, elles réapparaissent pour commencer un nouveau cycle. C'est la vie qui se renouvelle.

On n'a rien dit à Hugo, mais il a senti quelque chose. Il a été gentil pendant deux jours. Il m'a offert d'aller le voir jouer au soccer au moins trois fois, de faire la vaisselle à ma place au moins deux fois – et j'ai accepté! Puis, rien ne peut être parfait, il s'est remis à faire des blagues idiotes.

— Xavier, Ybert, Zoé. X,Y,Z. Tu es encore dans les dernières lettres de l'alphabet. Tu es mieux d'arrêter là parce qu'après il n'y a plus rien. Il faudra que tu recommences au A.

Ensuite, j'ai reçu une lettre de maman.

Ma chérie,

Mon trésor, mon poussin, ma fille, ma belle, si tu savais à quel point je me suis inquiétée. À quel point je m'en suis voulu qu'on ait des caractères incompatibles, toi et moi. Nous sommes tellement différentes: tu es secrète et je suis extravertie, tu es douce, je suis brusque.

Je sais que je t'irrite très souvent. Mais je te le jure, ce n'est pas volontaire. C'est seulement que j'essaie dans tous les sens de t'aider et de te comprendre. Et j'essaie aveuglément, parce que j'ignore comment te rejoindre. Tu changes tous les jours et je ne trouve plus la façon. Je l'ai perdue. Mais je cherche, sans répit. Parce que je veux que tu vives et que tu sois heureuse. Et je t'aime. Je t'aime telle que tu es. Je ne veux pas te changer.

Toi et ton père avez des caractères qui sont la douceur et le moelleux de la vie. Moi, je suis une sorte d'ossature toujours en mouvement. On devrait bien finir par se compléter, non?

Aveline, ta mère.

***

Aujourd'hui, je regarde encore les fourmis. Elles ne se demandent pas ce qu'elles font dans ce monde-ci. Elles ne se demandent pas ce qu'elles feront demain. Elles vont leur chemin sans se poser de questions. Elles ne savent pas ce qu'est vivre, elles ne savent pas ce qu'est mourir. Ou peut-être qu'elles le savent plus que nous. On ne pourra jamais le vérifier. C'est un autre de ces livres qui ne nous donnera pas toutes les réponses.

Il vaut peut-être mieux ne pas trop se poser de questions. Ou ne pas se les poser toutes en même temps. Faire son petit bonhomme de chemin. En construisant sa petite maison. En acceptant que sa petite maison soit constamment détruite. Et s'en ficher un peu. Parce qu'il fait beau et qu'on n'a pas autre chose à faire.

Demain, je vais avec Xavier à sa soirée de fin d'année. À son école, la musique sera très *beat*, pas du tout usée ni vieille. Mais j'espère qu'on continuera à regarder les étoiles et qu'on parlera de notre tremplin jusqu'aux étoiles.

Table des matières

Achevé d'imprimer
sur les presses de Litho Acme inc.